兩地

◆

林海音

著

三民書局

國家圖書館出版品預行編目資料

兩地 / 林海音著.－－三版一刷.－－臺北市: 三民,
　2018
　　　面；　公分.－－(品味經典/善)

　　ISBN 978－957－14－6417－6　（平裝）

　　1.散文；隨筆

855　　　　　　　　　　　　　　　　　　107006825

© 　兩　　　　地

著 作 人	林海音
封面繪圖	蔡采穎
發 行 人	劉振強
著作財產權人	三民書局股份有限公司
發 行 所	三民書局股份有限公司
	地址　臺北市復興北路386號
	電話　(02)25006600
	郵撥帳號　0009998-5
門 市 部	(復北店)臺北市復興北路386號
	(重南店)臺北市重慶南路一段61號
出版日期	初版一刷　1966年10月
	三版一刷　2018年6月
編　　號	S 850720

行政院新聞局登記證局版臺業字第○二○○號

有著作權‧不准侵害

ISBN　978-957-14-6417-6　（平裝）

http://www.sanmin.com.tw　三民網路書店

緣　起

　　經典，是經久不衰的典範之作——無畏時光漫長的淘選，始終如新，每每帶給讀者不一樣的閱讀感受。閱讀經典，可以使心靈更富足，了解過往歷史，並加深思考，從中獲取知識與能量；可以追尋自我，反覆探問，發現自己最真實的樣貌。經典之作不是孤高冷絕，它始終最為貼近人心、溫暖動人。

　　隨著時代更替，在歷經諸多塵世紛擾、心境跌宕後，是時候回歸經典，找尋原初的本心了。本局秉持好書共讀、經典再現的理念，精選了牟宗三、吳怡深度哲思探討的著作；薩孟武與傳統經典對話的深刻體悟作品；白萩創造文學新風貌的詩作，以及林海音、琦君溫暖美好的懷舊文章；逯耀東、許倬雲、林富士關注社會、追問過去的研讀。以全新風貌問世，作為品味經典之作的領航，讓讀者重新閱讀這些美好。期望透過對過往文化的檢視，從中追尋歷史的真實，觸及理想的淳善，最終圓融生活的感性完美。

　　這些作品，每一本都是值得珍藏的瑰寶——它們記錄著那個時代臺灣文化發展的軌跡，以及社會變遷的遞嬗；以文字凝結了歲月時光，留住了真淳美好。

　　「品味經典」邀請您一起 品 味 經 典。

兩地今昔——《兩地》新版序

莊因

　　用筆在白紙上畫一條直線，有起點，也有終點。若是把線拆掉，就會餘下兩個定點。倘若把紙上所畫的線條拆掉之後所留下的兩個定點，置放在人生中所居留過的兩個地方，那就是在林海音《兩地》一書中所言的兩地了。

　　在太平人生中，一個人自動性的流動不多，許多人更在一地從老而終；但是，在亂世，一個人被動性的流動便多了，不得已的流浪便增加了人生的浩歎。如果在一個人一生中長期居留過的地方只有兩個，像林海音那樣，肯定會使兩地之間所有的一條直線顯得特別明確、亮眼和清晰。兩地之間的關係從互通有無到彼此感應，也肯定更加親切。這是《兩地》一書所給予我的第一強烈印象。

　　我的童少年是亂世。四歲未足便因中、日戰爭離鄉（北平）而流放各地，走遍了半個中國，沒有像林海音的幸運。林海音畢生生活過的兩地之一的北平（京），是我的故鄉，雖然在那裡住過，畢竟毫無印像。一九八一年訪北京，沒有

「故」感；一九九九年與兩個弟弟及誠兒又訪，仍無深刻動情之感。

　　林海音的成名作《城南舊事》，對於北京有自然、主觀和客觀方面令人動容的描寫；《雨地》一書再加著墨，如春雨般灑落在北京及臺灣兩個定點上，使得兩地在不同的突兀的政治背景之外，以「純文學」的色彩勾勒出純人文的樣貌，這是本書的另一大特色。臺灣和北京是林海音身為中國人（同宗文化上及長期的歷史感上的中國人）一生中所喜歡、且生活過有真感情的中國一省和一市，對她有長期的認知、體驗和感受。所以，對於只長期生活在臺灣或北京未知北京及臺灣的中國人，《雨地》一書，肯定對兩地間的讀者會產生互通呼吸的效果。

　　《雨地》一書初版於一九六六年，二版於二〇〇五年，而今三版（新版）將於二〇一八年橫排出版。二〇一八年正逢林海音女士百歲冥誕，更具紀念性。對於林海音的粉絲或一般讀者來說，也該是另一種特殊的喜悅吧。

美國加州
二〇一八年四月

從北平城南到臺北城南

——《兩地》重排新版序

夏祖麗

　　一九二三年，林海音五歲，隨父母離開臺灣到北平，在城南定居下來。小時候，他們全家人常常圍坐在燈下，攤開地圖，看那個小小的島，母親告訴她，故鄉四周是水，他們是坐大輪船，又坐火車，才到這個北京城來的。

　　她在北平一住四分之一個世紀，在那裡讀書、就業，嫁入像「紅樓夢」般的典型中國書香大家庭，這個來自海島臺灣的小姑娘，完全融入了那個幾千年歷史的古老北方社會，是真正的「臺灣姑娘，北京規矩」。

　　一九四八年底，林海音帶著母親、幼妹及三個孩子，倉促中離開北平，回到臺灣。她長年幻想的遙遠模糊的故鄉，如今突然出現在眼前，怎不叫人興奮呢？

　　一上基隆岸，林海音就迫不及待要認識自己的家鄉。只要一有空，她就和先生何凡（夏承楹）到處旅行，她天性好學，對生活充滿好奇及熱誠，她隨身帶著筆記本，認真看，

用心聽，隨時問，還不忘隨手記下來，就像她當年在北平當記者時一樣。

那時她每天不是出去找工作，就是從寄居的東門二妹家，沿著仁愛路，走到新公園的省立博物館看書、找書。郁永河的《裨海紀遊》、黃叔璥的《臺海使槎錄》、梁啟超的《臺灣竹枝詞》以及日文的《民俗臺灣》、梶原通好的《臺灣農民生活考》等，都是她的參考書籍。那時館裡的日文書不能外借，她竟然連細目都一一抄下來。

她也曾花「高價」八塊錢，買了一本二手的日本作家池田敏雄的《臺灣家庭生活》，這本書她一直珍藏到老。

每次從博物館看完書出來，走在仁愛路的椰林大道上，林海音看著在微風中搖曳的椰子樹，想到自己似熟悉又陌生的家鄉是如此美麗，心裡卻很焦急，不斷地告訴自己，孩子這麼小，要努力啊，得找工作啊！憂愁不禁襲上心頭。

她很快地就重拾寫作之筆，到臺灣的第一年，她寫了近百篇文章，大部分是有關臺灣民俗風情的。一九五一年夏天，「臺灣青年文化協會」主辦了一個「夏季鄉土史講座」，林海音報名參加，是全團唯一的女性學員，也是最認真學習的之一。當時的講師有楊雲萍、黃得時、戴炎輝、衛惠林、方豪等學者。那是個開卷有益的夏天，從這些課程裡，她對臺灣有了更深刻的認識，下筆也就更勤了。

從一九五〇到一九五三，初抵臺灣的四年間，林海音發表了將近三百篇散文和小品文，這系列介紹臺灣民情風土和歷史典故的文章，擁有許多讀者，尤其受當時從大陸來臺的外省讀者歡迎。收在本書「輯二臺灣」中的二十多篇文章，

就是從中選出來的。

少小離家老大回，親友接風敘舊，對她鄉音未改很欣慰。而林海音常常不自覺地拿臺灣和她生活了二十五年的北平做比較。臺灣四季綠油油，但綠的顏色看多了，她竟覺得很悶慌；她是那麼懷念四季分明的北平：冬天的枯枝、白雪；秋天的紅葉，還有那胡同的泥濘、塵土，都使她忘不了。

她不敢想北平，也不敢想在那兒的親人朋友，她說：「想起北平，就像丟下什麼東西沒有帶來，實在因為住在那個地方太久了，就像樹生了根一樣。」

有一天，朋友給她帶來一張北平地圖，客人走了，夜深人靜，她一個人在燈下，細細地看地圖上的每條胡同、每條街，牽回自己的童年。

於是，她把思念轉成文字，寫了一篇又一篇懷念北平的文章。收入本書「輯一北平」中的作品，就是那時寫成的，寫作時間從一九五九年到一九六四年，就在同時期，她還完成另一本回憶童年的自傳體經典小說《城南舊事》。

寫懷念北平及童年文章時，林海音離開北平已經有十幾個年頭了，但仍保有許多生動的北京語言，像「老肥老肥」（頁 12）、「車轂轆話」（頁 15）、「心氣兒這麼高」（頁 30）、「多咱」（頁 50）、「數叨」（頁 80）、「磕膝蓋」（頁 89）、「成年價」（頁 91）……等。這些質樸透明的北京話，就像樹生了根一樣，永植她的心裡，下筆時很自然地流瀉出來。

一九九九年春天，我應臺北「天下遠見」出版公司之邀，撰寫母親的傳記——《從城南走來——林海音傳》，我從定居的澳洲飛到北京，追尋母親在城南二十五年的歲月。著名的

京味作家老舍的兒子，北京中國現代文學館館長舒乙談到這些年他與母親接觸的感受時說：「林先生的北京話沒變，也沒少，原樣兒，整個兒一個原湯原汁，和四十多年前的老北京話一模一樣，讓人在驚訝中有一種久違的狂喜。她一會兒蹦出個老詞兒，感動得老北京們一會兒叫好，把她當成最大的知己。」

今天北京胡同裡學生說的話在變，但林海音的作品卻保留了那個時代、那個階層人的語言，這點是很重要的。

林海音到底是個北平化的臺灣作家，還是臺灣化的北平作家？這是個頗饒趣味的問題，文學評論家葉石濤說：「事實上，她沒有上一代人的困惑或懷疑，她已經沒有地域觀念，她的身世和遭遇替她解決了大半無謂紛擾，在這一點上而言，她是十分幸運的。」

　　　　※　　　　※　　　　※　　　　※　　　　※

《兩地》雖不是母親的第一本書，卻是她最重要的作品之一，因為書中收錄了她自一九四八年回到臺灣後的最早作品，我們可從中看到她早年的生活和心情。

《兩地》出版於一九六六年，那年母親四十八歲，正值寫作編輯最旺盛的時期。四十年後的現在，三民書局重排這本書，母親已離開人世整整三年了。四十年前，當時習慣稱北京為北平，而母親在〈自序〉中說：「總希望有一天大陸光復後噴射機把兩個地方連接起來，像臺北到臺中那樣，朝發午至，可以常常來往，那時就不會有心懸兩地的苦惱了。」又說「臺灣和北平是我喜歡的中國的一省和一特別市。」都是以文學的筆觸書寫心念兩地故鄉的心情。四十年後的今天，

世事變遷，若以政治角度來解讀，那就大相逕庭了，這點值得好好深思。

　　三民書局編輯囑我寫篇重排序言，我在南半球的家中校閱本書時，常常會隨著母親的文字，悠悠然回到我們住了二十五年的臺北城南日式小屋，彷彿看到母親正在燈下埋首寫作的身影，心中不禁充滿對父母親及那段歲月的懷念和回憶。

　　　　　　　　　二〇〇五年元旦寫於墨爾本

自　序

　　「兩地」是指臺灣和北平。臺灣是我的故鄉，北平是我長大的地方。我這一輩子沒離開過這兩個地方。

　　民國三十七年底，我返回臺灣，第二年進《國語日報》做編輯，附帶主編一個叫《周末》的文藝性周刊。那時的《國語日報》沒有今天這麼神氣，每個星期為了填滿這個沒有稿費的周刊，自己總要寫些文章。我便在那個時期寫了許多臺灣風土人情的小文，都是聽到的，看到的，隨手記了下來。材料很多，寫作慾也很強，剪報留到今天，紙都發黃變脆了。

　　北平是我住了四分之一世紀的地方。讀書、做事、結婚都在那兒。度過的金色年代，可以和故宮的琉璃瓦互映，因此我的文章自然離不開北平。有人說我「比北平人還北平」，我覺得頌揚得體，聽了十分舒服。當年我在北平的時候，常常幻想自小遠離的臺灣是什麼樣子，回到臺灣一十八載，卻又時時懷念北平的一切，不知現在變了多少了？總希望有一天大陸光復，噴射機把兩個地方連接起來，像臺北到臺中那

樣，朝發而午至，可以常來常往，那時就不會有心懸兩地的
苦惱了。人生應當如此，我相信早晚會做到的。

　　平日以出版法律政治經濟為主的三民書局，這次要出版
文藝叢書，向我要稿子；因此把和臺灣、北平有關的散文集
為此書，名曰「兩地」，是從最早民國三十九年一月，到最新
今年（民國五十五年）的八月，這十六年裡我的作品中選出
來的。臺灣和北平是我喜歡的中國的一省和一特別市，我以
能和這兩個地方結不解緣為幸為榮，並相信和我同感的人，
一定不少。那麼，為他們出一本書，也就分所當然了。

林海音

民國五十五年十一月廿三日在臺北

目次

北平漫筆

秋的氣味

秋天來了，很自然的想起那條街——西單牌樓。

無論從哪個方向來，到了西單牌樓，秋天，黃昏，先聞見的是街上的氣味。炒栗子的香味瀰漫在繁盛的行人群中，趕快朝向那熟悉的地方看去，和蘭號的夥計正在門前炒栗子。和蘭號是賣西點的，炒栗子也並不出名，但是因為它在街的轉角上，首當其衝，就不由得就近去買。

來一斤吧！熱栗子剛炒出來，要等一等，倒在籮中篩去裹糖汁的砂子。在等待秤包的時候，另有一種清香的味兒從身邊飄過，原來眼前街角擺的幾個水果攤子上，啊！棗、葡萄、海棠、柿子、梨、石榴……全都上市了。香味多半是梨和葡萄散發出來的。沙營的葡萄，黃而透明，一撅兩截，水都不流，所以有「冰糖包」的外號。京白梨，細而嫩，一點

兒渣兒都沒有。「鴨兒廣」柔軟得賽豆腐。棗是最普通的水果，郎家園是最出名的產地，於是無棗不郎家園了。老虎眼，葫蘆棗，酸棗，各有各的形狀和味道。「喝了蜜的柿子」要等到冬季，秋天上市的是青皮的脆柿子，脆柿子要高椿兒的才更甜。海棠紅著半個臉，石榴笑得露出一排粉紅色的牙齒。這些都是秋之果。

　　抱著一包熱栗子和一些水果，從西單向宣武門走去，想著回到家裡在窗前的方桌上，就著暮色中的一點光亮，家人圍坐著剝食這些好吃的東西的快樂，腳步不由得加快了。身後響起了鐺鐺的電車聲，五路車快到宣武門的終點了。過了絨線胡同，空氣中又傳來了烤肉的香味，是安兒胡同口兒上，那間低矮窄狹的烤肉宛上人了。

　　門前掛著清真的記號，他們是北平許多著名的回教館中的一個，秋天開始，北平就是回教館子的天下了。矮而胖的老五，在案子上切牛羊肉，他的哥哥老大，在門口招呼座兒，他的兩個身體健康眼睛明亮，充分表現出回教青年精神的兒子，在一旁幫著和學習著剔肉和切肉的技術。炙子上煙霧瀰漫，使原來就不明的燈更暗了些，但是在這間低矮、煙霧的小屋裡，卻另有一股溫暖而親切的感覺，使人很想進去，站在炙子邊舉起那兩根大筷子。

　　老五是公平的，所以給人格外親切的感覺。這原來只是一間包子鋪，供賣附近居民和路過的勞動者一些羊肉包子。漸漸的，烤肉出了名，但並不因此改變對主顧的態度。比如說，他們只有兩個炙子，總共也不過能圍上一二十人，但是一到黃昏，一批批的客人來了，坐也沒地方坐，一時也輪不

上吃，老五會告訴客人，再等二十幾位，或者三十幾位，那麼客人就會到單牌樓去繞個彎兒，再回來就差不多了。沒有登記簿，他們卻是絲毫不差的記住了前來後到的次序。沒有爭先，不可能插隊，一切聽憑老大的安排，他並沒有因為來客是坐汽車的或是拉洋車的，而有什麼區別，這就是他的公平和親切。

一邊手裡切肉一邊嘴裡算帳，是老五的本事，也是藝術。一碗肉，一碟蔥，一條黃瓜，他都一一唱著錢數加上去，沒有虛報，價錢公道。在那裡，房子雖然狹小，卻吃得舒服。老五的笑容不多，但他給你的是誠樸的感覺，在那兒不會有吃得惹氣這種事發生。

秋天在北方的故都，足以代表季節變換的氣味的，就是牛羊肉的羶和炒栗的香了！

（民國五十年十月三十日）

男人之禁地

很少——簡直沒有——看見有男人到那種店鋪去買東西的。做的是婦女的生意，可是店裡的夥計全是男人。

小孩的時候，隨著母親去的是前門外煤市街的那家，離六必居不遠，沖天的招牌，寫著大大的「花漢沖」的字樣，名是香粉店，賣的除了婦女化妝品以外，還有全部女紅所需用品。

母親去了，無非是買這些東西：玻璃蓋方盒的月中桂香粉，天藍色瓶子廣生行雙妹嚜的雪花膏（我一直記著這個不

明字義的「嚜」字，後來才知道它是譯英文商標 Mark 的廣東造字），豬胰子（通常是買給宋媽用的）。到了冬天，就會買幾個甌子油（以蛤蜊殼為容器的油膏），分給孩子們每人一個，有著玩具和化妝品兩重意義。此外，母親還要買一些女紅用的東西：十字繡線，絨鞋面，鉤針……等等，這些東西男人怎麼會去買呢？

母親不會用兩根竹針織毛線，但是她很會用鉤針織。她織的最多的是毛線鞋，冬天給我們織墨盒套。繡十字布也是她的拿手，照著那複雜而美麗的十字花樣本，數著細小的格子，一針針，一排排的繡下去。有一陣子，家裡的枕頭套，媽媽的錢袋，妹妹的圍嘴兒，全是用十字布繡花的。

隨母親到香粉店的時期過去了，緊接著是自己也去了。女孩子總是離不開繡花線吧！小學三年級，就有縫紉課了。記得當時男生是在一間工作室裡上手工課，耍的不是鋸子就是銼子；女生是到後面圖書室裡上縫紉課，第一次用繡線學「拉鎖」，紅繡線把一塊白布拉得抽抽皺皺的，後來我們學做嬰兒的蒲包鞋，釘上亮片，滾上細絲子，這些都要到像花漢沖這類的店去買。

花漢沖在女學生的眼裡，是嫌老派了些，我們是到絨線胡同的瑞玉興去買。瑞玉興是西南城出名的絨線店，三間門面的樓，它的東西摩登些。

我一直是女紅的喜愛者，這也許和母親有關係，她那些書本夾了各色絲線。端午節用絲絨纏的粽子，毛線鉤的各種鞋帽，使得我浸涵於精巧、色彩，種種縫紉之美裡，所以養成了家事中偏愛女紅甚於其他的習慣。

在瑞玉興選擇繡線是一種快樂。粗粗的日本繡線最惹人喜愛，不一定要用它，但喜歡買兩仔帶回去。也喜歡選購一些花樣兒，用謄寫紙描在白府綢上，滿心要繡一對枕頭給自己用，但是五屜櫃的抽屜裡，總有半途而廢的未完成的傑作。手工的製品，不是一朝一夕可以完成的，從一堆碎布，一捲糾纏不清的繡線裡，也可以看出一個女孩子有沒有恆心和耐性吧！我就是那種沒有恆心和耐性的！每一件女紅做出來，總是有缺點，比如毛衣的肩頭織肥了，枕頭的四角縫斜了，手套一大一小，十字布的格子數錯了行，對不上花，抽紗的手絹只完成了三面等等。

但是瑞玉興卻是個難忘的店鋪，想到為了配某種顏色的絲線，夥計耐心的從樓上搬來了許多小竹簾捲的絲線，以供挑選，雖然只花兩角錢買一小仔，他們也會把客人送到門口，那才是沒處找的耐心哪！

（民國五十年十一月二日）

換洋取燈兒的

「換洋取燈兒啊！」

「換榧子兒呀！」

很多年來，就是個熟悉的叫喚聲，它不一定是出自某一個人，叫喚聲也各有不同，每天清晨在胡同裡，可以看見一個穿著襤褸的老婦，背著一個筐子，舉步蹣跚。冬天的情景，尤其記得清楚，她頭上戴著一頂不合體的、哪兒揀來的毛線帽子，手上戴著露出手指頭的手套，寒風吹得她流出了一些

清鼻涕。生活看來是很艱苦的。

　　是的，她們原是不必工作就可以食廩粟的人，今天清室沒有了，一切榮華優渥的日子都像夢一樣永遠永遠的去了，留下來的是面對著現實的生活！

　　像換洋取燈的老婦，可以說還是勇於以自己的勞力換取生活的人，她不必費很大的力氣和本錢，只要每天早晨背著一個空筐子以及一些火柴、榪子兒、刨花就夠了，然後她沿著小胡同這樣的叫喚著。

　　家裡的廢物：爛紙、破布條、舊鞋、……一切可以扔到垃圾堆裡的東西，都歸宋媽收起來，所以從「換洋取燈兒」的換來的東西也都歸宋媽。

　　一堆爛紙破布，就是宋媽和換洋取燈兒的老婦爭持的焦點，甚至連一盒火柴、十顆榪子兒的生意都講不成也說不定呢！

　　丹鳳牌的火柴，紅頭兒，盒外貼著砂紙，一擦就迸出火星，一盒也就值一個銅子兒。榪子兒是像桂圓核兒一樣的一種植物的實，砸碎它，泡在水裡，浸出黏液，凝滯如膠。刨花是薄木片，作用和榪子兒一樣，都是舊式婦女梳頭時用的，等於今天婦女做髮後的「噴膠水」。

　　這是一筆小而又小的生意，換人家裡的最破最爛的小東西，來取得自己最低的生活，王孫沒落，可以想見。

　　而歸宋媽的那幾顆榪子兒呢，她也當寶貝一樣，家裡的爛紙如果多了，她也就會攢了更多的洋火和榪子兒，洋火讓人捎回鄉下她的家裡。榪子兒裝在一隻妹妹的洋襪子裡（另一隻一定是破得不能再縫了，換了榪子兒）。

　　宋媽是個乾淨俐落的人，她每天早晨起來把頭梳得又光又亮，抿上了泡好的刨花或榧子兒，膠住了，做一天事也不會散落下來。

　　火柴的名字，那古老的城裡，很多很多年來，都是被稱作「洋取燈兒」，好像到了今天，我都沒有改過口來。

　　「換洋取燈兒」的老婦人，大概只有一個命運最好的，很小就聽說，四大名旦尚小雲的母親是「換洋取燈兒」的。有一年，尚小雲的母親死了，出殯時沿途許多人圍觀，我們住在附近，得見這位老婦人的死後哀榮。在舞臺上婀娜多姿的尚小雲，喪服上是一個連片鬍子的臉，街上的人都指點著說，那是一個怎樣的孝子，說那死者是個怎樣出身的有福老太太。

　　讀過唯有的一篇描寫一個這樣女人的戀愛小說，是許地山寫的〈春桃〉。

（民國五十年十一月四日）

看華表

　　不知為什麼，每次經過天安門前的華表時，從來不肯放過它，總要看一看。如果正擠在電車（記得吧，三路和五路都打這裡經過）裡經過，也要從人縫裡向車窗外追著看；坐著洋車經過，更要仰起頭來，轉著脖子，遠看，近看，回頭看，一直到看不見為止。

　　假使是在華表前的石板路上散步（多麼平坦、寬大、潔淨的石板），到了華表前，一定會放慢了步子，留連鑑賞。從

華表的下面向上望去，便體會到「一柱擎天」的偉觀。啊！無雲的碧空，襯著雕琢細緻，比例勻稱的白玉石的華表，正是自然美和人工美的偉大結合。它的背後襯的是硃紅色的天安門的牆，這一幅圖，佈局的美麗，顏色的鮮明，印在腦中，是不會消失的。

　　有趣的是，夏天的黃昏，華表下面的石座上，成為納涼人的最理想的地方。石座光滑潔淨，坐上去，想必是涼森森的十分舒服。地方高敞，賞鑑過往漂亮的男女（許多是去遊附近的中山公園），像在體育場的貴賓席上一樣。華表旁，有一排馬櫻花，它的甜香隨著清風撲鼻而來，更是一種享受。

　　我愛看華表，和它的所在地也很有關係，因為天安門不但是北平的市中心，而且正是通往東西南城的要衝。往返東西城時，到了天安門就會感覺到離目的地不遠了。往南去前門，正好從華表左面不遠轉向公安街去。莊嚴美麗的華表站在這裡，正像是一座里程碑，它告訴你，無論到什麼地方，都不遠了。

　　說它是里程碑，也許不算錯，古時的華表，原是木製的，它又名表木，是以表王者納諫，亦以表識衢路，正是一個有意義的象徵啊！

　　　　　　　　　　　　　　　（民國五十年十一月五日）

藍布褂

　　竹布褂兒，黑裙子，北平的女學生。

　　一位在南方生長的畫家，有一年初次到北平。住了幾天

之後，他說，在上海住了這許多年，畫了這許多年，他不喜歡一切藍顏色的布。但是這次到了北平，竟一下子改變了他的看法，藍色的布是那麼可愛，北平滿街騎車的女學生，穿了各種藍色的制服，是那麼可愛！

剛一上中學時，最高興的是換上了中學女生的制服，夏天的竹布褂，是月白色——極淺極淺的藍，燙得平平整整；下面是一條短齊膝蓋頭的印度綢的黑裙子，長統麻紗襪子，配上一雙刷得一乾二淨的籃球鞋。用的不是手提的書包，而是把一疊書用一條綑書帶綑起來。短頭髮，斜分，少的一邊撩在耳朵後，多的一邊讓它半垂在鬢邊，快蓋住半隻眼睛了。三五成群，或騎車或走路。哪條街上有個女子中學，那條街就顯得活潑和快樂，那是女學生的青春氣息烘托出來的。

北平女學生冬天穿長棉袍，外面要罩一件藍布大褂，這回是深藍色。誰穿新大褂每人要過來打三下，這是規矩。但是那洗得起了白磑兒的舊衣服也很好，因為它們是老伙伴，穿著也合身。記得要上體育課的日子嗎？棉袍下面露出半截白色剔絨的長運動褲來，實在是很難看，但是因為人人這麼穿，也就不覺得醜了。

陰丹士林布出世以後，女學生更是如狂的喜愛它。陰丹士林本是人造染料的一種名稱，原有各種顏色，但是人們嘴裡常常說的「陰丹士林色」多是指的青藍色。它的顏色比其他布，更為鮮亮，穿一件陰丹士林大褂，令人覺得特別乾淨，平整。比深藍淺些的「毛藍」色，我最喜歡，夏秋或春夏之交，總是穿這個顏色的。

事實上，藍布是淳樸的北方服裝特色。在北平住的人，

不分年齡、性別、職業、階級，一年四季每人都有幾件藍布服裝。爺爺穿著緞面的灰鼠皮袍，外面罩著藍布大褂；媽媽的綢裡綢面的絲棉袍外面，罩的是藍布大褂；店鋪櫃臺裡的掌櫃的，穿的布棉袍外面，罩的也是藍布大褂，頭上還扣著瓜皮小帽；教授穿的藍布大褂的大襟上，多插了一隻自來水筆，頭上是藏青色法國小帽，學術氣氛！

陰丹士林布做成的衣服，洗幾次以後，縫線就變成很明顯的白色了，那是因為陰丹士林布不褪色而線褪色的緣故。這可以證明衣料確是陰丹士林布，但卻不知為什麼一直沒有陰丹士林線。

忽然想起守著窗前方桌上縫衣服的大姑娘來了。一次訂婚失敗而終身未嫁的大姑娘，便以給人縫衣服，靠微薄的收入，養活自己和母親。我們家姊妹多，到了秋深添製衣服的時候，媽媽總是買來大量的陰丹士林布，宋媽和媽媽兩人做不來，總要叫我去把大姑娘找來。到了大姑娘家，大姑娘正守著窗兒縫衣服，她的老媽媽駝著背，咳嗽著，在屋裡的小煤球爐上烙餅呢！

大姑娘到了我家裡，總要呆一下午，媽媽和她商量裁剪，因為孩子們是一年年的長高了。然後她抱著一大包裁好了的衣服回去趕做。

那年離開北平經過上海，住在嫻的家裡等船。有一天上街買東西，我習慣的穿著藍布大褂，但是她卻教我換一件呢旗袍，因為穿了藍布大褂上街買東西，會受店員歧視。在「只認衣裳不認人的」洋場，「自取其辱」是沒人同情的啊！

（民國五十年十一月八日）

排隊的小演員

　　聽復興劇校葉復潤的戲，身旁有人告訴我，當年富連成科班裡也找不出一個像葉復潤這樣小年紀，便有這樣成就的小老生。聽說葉復潤只有十四足歲，但無論是唱工，是做派，都超越了一般「小孩戲劇家」的成績。但是在那一群孩子裡，他卻特別顯得瘦弱，矮小。固然唱老生的外形要「清癯」才有味道，但是對於一個正在發育期的小孩子，畢竟是不健康的。劇校當局是不是注意到每一個發育期的孩子的健康呢？

　　這使我不由得想起當年家住在虎坊橋大街上的情景。

　　虎坊橋大街是南城一條重要的大街，尤其在遷都南京前的北京，它更是通往許多繁榮地區的必經之路。幼年幸運的曾在這條街上住了幾年，也是家裡最熱鬧的時期。這條大街上有小學、會館、理髮館、藥鋪、棺材鋪、印書館，還有一個造就了無數平劇人才的富連成科班。

　　富連成只在我家對面再往西幾步的一個大門裡。每天晚飯前後的時候，他們要到前門外的廣和樓去唱戲。坐科的孩子按矮高排隊，領頭兒的是位最高的大師兄，他是個唱花臉的，頭上剃著月亮門兒。夏天，他們都穿著月白竹布大褂兒，老肥老肥的，袖子大概要比手長出半尺多。天冷加上件黑馬褂兒，仍然是老肥老肥的，袖子比手長出半尺多！

　　他們出了大門向東走幾步，就該穿過馬路，而正好就經過我家門前。看起來，一個個是呆板的、遲鈍的、麻木的，誰又想到他們到了臺上就能演出那樣靈活、美麗、勇武的角

色呢！

　　那時的富連成在廣和樓演出，這是一家女性不能進去的戲院，而我那時跟著大人們聽戲的區域是城南遊藝園，或者開明戲院、第一舞臺。很早就對於富連成有印象，實在是看他們每天由我家門前經過的關係。等到後來富連成風靡了北平的男女學生，我也不免想到，在那一隊我幼年所見到的可憐的孩子群裡，不就有李盛藻嗎？劉盛蓮嗎？楊盛春嗎？

　　富連成是以嚴厲出名的，但是等到以新式學校制度的戲曲學校出現以後，富連成雖仍以舊式教育出名，但是有些地方也不能不改進了。戲曲學校用大汽車接送學生到戲院以後，富連成的排隊步行也就不復再見。否則的話，學生戲迷們豈不要每天跟著他們的隊伍到戲院去？

　　而我們那時也搬離開虎坊橋，城南遊藝園成了屠宰場，我們聽戲的區域也轉移到哈爾飛、吉祥，以及長安和新新等戲院了。

（民國五十年十一月九日）

陳穀子、爛芝麻

　　如姐來了電話，她笑說：「怎麼，又寫北平哪！陳穀子、爛芝麻全掏出來啦！連換洋取燈兒的都寫呀！除了我，別人看嗎？」

　　我漫寫北平，是為了多麼想念她，寫一寫我對那地方的情感，情感發洩在格子稿紙上，苦思的心情就會好些。不是寫要負責的考據或掌故，因此我敢「大膽的假設」。比如我說

花漢沖在煤市街，就有細心的讀者給了我「小心的求證」，他畫了一張地圖，紅藍分明的指示給我說，花漢沖是在煤市街隔一條街的珠寶市，並且畫了花漢沖的左鄰謙祥益布店，右鄰九華金店。如姐，誰說沒有讀者呢？不過讀者並不是欣賞我的小文，而是藉此也勾起他們的鄉思罷了！

很巧的，我向一位老先生請教一些北平的事情時，他回信來說：「……早知道這些陳穀子、爛芝麻是有用的話，那咱們多帶幾本這一類的圖書，該是多麼好呢？」

原來我所寫的，數來數去，全是陳穀子、爛芝麻呀！但是我是多麼喜歡這些呢！

陳穀子、爛芝麻，是北平人說話的形容語彙，比如閒話家常，提起早年舊事，最後總不免要說：「唉！左不是陳穀子、爛芝麻！」言其陳舊和瑣碎。

真正北平味道的談話，加入一些現成的形容語彙，非常合適和俏皮，這是北平話除了發音正確以外的一個特點，我最喜歡聽。想像那形容的巧妙，真是可愛，這種形容語彙，很多是用「歇後語」說出來，但是像「陳穀子、爛芝麻」便是直接的形容語，不用歇後語的。

做事故意拖延遲滯，北平人用「蹭稜子」來形容，蹭是摩擦，稜是物之稜角。比如媽媽囑咐孩子去做一件事，孩子不願意去，卻不明說，只是拖延，媽媽看出來了，就可以責備說：「你倒是去不去？別在這兒儘跟我蹭稜子！」

或者做事痛快的某甲對某乙說：「要去咱們就痛痛快快兒的去，我可不喜歡蹭稜子！」

聽一個說話沒有條理的人述說一件事的時候，他反覆的

說來說去時，便想起這句北平話：

「車轂轆話——來回的說。」

轂轆是車輪。那車輪壓來壓去，地上顯出重複的痕跡，一個人說話翻來覆去，不正是那個樣子嗎？但是它也運用在形容一個人在某甲和某乙間說一件事，口氣反覆不明。如：「您瞧，他跟您那麼說，跟我可這麼說！反正車轂轆話，來回說吧！」

負債很多的人，北平人喜歡這樣形容：「我該了一屁股兩肋的債呀！」

我每逢聽到這樣形容時，便想像那人債務纏身的痛苦和他焦急的樣子。一屁股兩肋，不知會說俏皮話兒的北平人是怎麼琢磨出來的，而為什麼這樣形容時，就會使人想到債務之多呢？

（民國五十年十一月十四日）

文津街

常自誇說，在北平，我閉著眼都能走回家，其實，手邊沒有一張北平市區圖，有些原來熟悉的街道和胡同，竟也連不起來了。只是走過那些街道所引起的情緒，卻是不容易忘記的。就說，冬日雪後初晴，路過架在北海和中海的金鰲玉蝀橋吧，看雪蓋滿在橋兩邊的冰面上，一片白，閃著太陽的微微的金光。漪瀾堂到五龍亭的冰面上，正有人穿著冰鞋滑過去，飄逸優美的姿態，年輕同伴的朝氣和快樂，覺得雖在冬日，也因這幅雪漫冰面的風景，不由得引發起我活躍的心

情，趕快回家去，取了冰鞋也來滑一會兒！

在北平的市街裡，很喜歡傍著舊紫禁城一帶的地方，蔚藍晴朗的天空下，看硃紅的牆；因為唯有在這一帶才看得見。家住在南長街的幾年，出門時無論是要到東、西、南、北城去，都會看見這樣硃紅的牆。要到東北的方向去，洋車就會經過北長街轉向東去，到了文津街了，故宮的後門，對著景山的前門，是一條皇宮的街，總是靜靜的，沒有車馬喧譁，引發起的是思古之幽情。

景山俗稱煤山，是在神武門外舊宮城的背面，很少人到這裡來逛，人們都湧到附近的北海去了。就像在中山公園隔壁的太廟一樣，黃昏時，人們都擠進中山公園乘涼，太廟冷清清的；只有幾個不嫌寂寞的人，才到太廟的參天古松下品茗，或者靜默的觀看那幾隻灰鶴（人們都擠在中山公園裡看孔雀開屏了）。

景山也實在沒有什麼可「逛」的，山有五峰，峰各有亭，站在中峰上，可以看故宮平面圖，倒是有趣的，古建築很整齊莊嚴，四個角樓，靜靜的站在暮靄中，皇帝沒有了，他的臥室，他的書房，他的一切，憑塊兒八毛的門票就可以一覽無遺了。

做小學生的時候，高年級的旅行，可以遠到西山八大處，低年級的就在城裡轉，景山是目標之一，很小很小的時候，就年年一次排隊到景山去，站在剛上山坡的那棵不算高大的樹下，聽老師講解：一個明朝末年的皇帝——思宗，他殉國死在這棵樹上。怎麼死的？上吊。啊！一個皇帝上吊了！小學生把這件事緊緊的記在心中。後來每逢過文津街，便興起

那思古的幽情，恐怕和幼小心靈中所刻印下來的那幾次歷史
憑弔，很有關係吧！

（民國五十年十一月二十日）

擠老米

　　讀了朱介凡先生的〈曬暖〉，說到北方話的「曬老爺兒」、
「擠老米」，又使我回了一次冬日北方的童年。

　　冬天在北方，並不一定是冷得讓人就想在屋裡烤火爐，
天晴，早上的太陽先曬到牆邊，再普照大地，不由得就想離
開火爐，還是去接受大自然所給予的溫暖吧！

　　通常是牆角邊擺著幾個小板凳，坐著弟弟妹妹們，穿著
外罩藍布大褂的棉袍，打著皮包頭的毛窩，宋媽在哄他們玩
兒。她手裡不閒著，不是搓麻繩納鞋底（想起她那針錐子要
扎進鞋底子以前，先在頭髮裡劃兩下的姿態來了），就是縫駱
駝鞍兒的鞋幫子。不知怎麼，在北方，婦女有做不完的針線
活兒，無分冬夏。

　　離開了北平，無論到什麼地方，都使我莫辨東西，因為
我習慣的是古老方正的北平城，她的方向正確，老爺兒（就
是太陽）早上是正正的從每家的西牆照起，玻璃窗四邊，還
有一圈窗戶格，糊的是東昌紙，太陽的光線和暖意都可以透
進屋裡來，在滿窗朝日的方桌前，看著媽媽照鏡子梳頭，把
刨花的膠液用小刷子抿到她光潔的頭髮上。小几上的水仙花
也被太陽照到了，它就要在年前年後開放的。長方形的水仙
花盆裡，水中透出雨花臺的各色晶瑩的彩石來。在冬日，喜

歡擺弄植物的爸爸，用一隻清潔的淺瓷盆，鋪上一層棉花和水，撒上一些麥粒，每天在陽光照射下，看它們漸漸發芽茁長，生出翠綠秀麗的青苗來，也是冬日屋中玩賞的樂趣。

孩子們的生活當然大部分是在學校，小學生很少烤火爐（中學女學生最愛烤火爐），下課休息十分鐘都跑到教室外，操場上。男孩子便成群的湧到有太陽照著的牆邊去擠老米，他們擠來擠去，嘴裡大聲喊著：

擠呀！擠呀！

擠老米呀！

擠出屎來餵餵你呀！

這樣又粗又髒的話，女孩子是不肯隨便亂喊的。

直到上課鈴響了，大家才從牆邊撤退，他們已經是混身暖和，不但一點寒意沒有了，摘下來毛線帽子，光頭上也許還冒著白色的熱氣兒呢！

（民國五十年十二月八日）

賣凍兒

如果說北平樣樣我都喜歡，並不盡然。在這冬寒天氣，不由得想起了很早便進入我的記憶中的一種人物，便是北平的乞丐。

回憶應當是些美好的事情，乞丐未免令人掃興，然而他們畢竟是我生活中常見到的人物。

記得有一篇西洋小說，描寫一個貧苦的小孩子，因為母親害病不能工作，他便出來乞討，他向過路人講出原委，路

人不信，他就帶著人到他家裡去看看，路人一見果然母病在床，便慷慨解囊了。小孩的母親從此「弄真成假」，天天假病在床，叫小孩子到路上去帶人回來「參觀」。這是以小孩和病來騙取同情。像在臺北街頭，婦人教小孩纏住路人買獎券，便是類似的作風。這使我想起北平一種叫「賣凍兒」的乞丐。

　　冬寒臘月，天氣冷得潑水成冰，「賣凍兒」的（都是男乞丐）出世了，蓬著頭髮，一臉一身的滋泥兒，光著兩條腿，在膝蓋的地方，綑上一圈戲報子紙。身上也一樣，光著脊樑，裹著一層戲報子紙，外面再披上一兩塊破麻包。然後，縮著脖子，哆哩哆嗦的，牙打著戰兒，逢人伸出手來乞討。以寒冷無衣來博取人的同情與施捨。我從小害怕看那樣子，不但不能引起我的同情，反而是憎惡。這種乞丐叫做「賣凍兒」。

　　最討厭的是宋媽，我如果愛美不肯多穿衣服，她就諷刺我：

　　「你這是幹嘛？賣凍兒呀？還不穿衣服去！」

　　「賣凍兒」這種乞丐的類型，成了一句北平通用的俏皮話兒了。

　　賣凍兒的身上裹的戲報子紙，都是從公共廣告牌上揭下來的，各戲院子的戲報子，通常都是用白紙紅綠墨寫成的，每天貼上一張，過些日子，也相當厚了，揭下來，裹在腿上身上，據說也有保溫作用。

　　至於拿著一把破布撣子在人身上亂撣一陣的乞婦，名「撣孫兒」；以磚擊胸行乞的，名為「擂磚」，這等等類型乞丐，我記憶雖清晰，可也是屬於陳穀子、爛芝麻，說多了未免令人掃興，還是不去回憶他們吧！

（民國五十年十二月九日）

臺上、臺下

禮拜六的下午，我常常被大人帶到城南遊藝園去。門票只要兩毛（我是擠在大人的腋下進去的，不要票），進去就可以有無數的玩處，唱京戲的大戲場，當然是最主要的，但小鳴鐘、張笑影的文明戲「鋸碗丁」、「春阿氏」，也是我喜愛看的戲齣。

文明戲場的對面，彷彿就是魔術場，看著穿燕尾服的變戲法兒的，隨著音樂的旋律走著一顛一縱前進後退的特殊臺步，一面從空空的大禮帽中掏出那麼多的東西：花手絹、萬國旗、麵包、活兔子、金魚缸，這時樂聲大奏，掌聲四起，在我小小心靈中，只感到無限的愉悅！覺得世界真可愛，無中生有的東西這麼多！

我從小就是一個喜歡找新鮮刺激的孩子，喜歡在平凡的事物中給自己找一些思想的娛樂，所以，在那樣大的一個城南遊藝園裡，不光是聽聽戲，社會眾生相也可以在這天地裡看到：美麗、享受、欺騙、勢利、罪惡……。但是在一個無憂無慮的小女孩的觀感中，她又能體會到什麼呢？

有些事物，在我的記憶中，清晰得如在眼前一樣，大戲場木板屏風後面的角落裡，茶房正從一大盆滾燙的開水裡，擰起一大把毛巾，送到客座上來。當戲臺上是不重要的過場時，茶房便要表演「扔手巾把兒」的絕技了，樓下的茶房，站在觀眾群中惹人注目的地位，把一大綑熱手巾，忽下子，

扔給樓上的茶房，或者是由後座扔到前座去，客人擦過臉收集了再扔下來，扔回去。這樣扔來扔去，萬無一失，也能博得滿堂喝采，觀眾中會冒出一嗓子：「好手巾把兒！」

但是觀眾與茶房之間的糾紛，恐怕每天每場都不可免，而且也真亂鬨。當那位女茶房硬把果碟擺上來，而我們硬不要的時候，真是一場無味的爭執。茶房看見客人帶了小孩子，更不肯把果碟拿走了。可不是，我輕輕的，偷偷的，把一顆糖花生放進嘴吃，再來一顆，再來一顆，再來一顆，等到大人發現時，去了大半碟兒了，這時不買也得買了。

茶，在這種場合裡也很要緊。要了一壺茶的大老爺，可神氣了，總得發發威風，茶壺蓋兒敲得呱呱山響，為的是茶房來遲了，大爺沒熱茶喝，回頭怎麼捧角兒喊好兒呢！包廂裡的老爺們發起脾氣來更有勁兒，他們把茶壺扔飛出去，茶房還得過來賠不是。那時的社會，卑賤與尊貴，是強烈的對比著。

在那樣的環境裡：臺上鑼鼓喧天，上場門和下場門都站滿了不相干的人，飲場的，檢場的，打煤氣燈的，換廣告的，在演員中穿來穿去。臺下則是煙霧瀰漫，扔手巾把兒的，要茶錢的，賣玉蘭花的，飛茶壺的，怪聲叫好的，呼兒喚女的，亂成一片。我卻在這亂鬨鬨的場面下，悠然自得，覺得在我的周圍，是這麼熱鬧，這麼自由自在。

（民國五十一年十二月十五日）

一張地圖

瑞君、亦穆夫婦老遠的跑來了,一進門瑞君就快樂而興奮的說:

「猜,給你帶什麼來了?」

一邊說著,她打開了手提包。

我無從猜起,她已經把一疊紙拿出來了:

「那!」她遞給了我。

打開來,啊!一張嶄新的北平全圖!

「希望你看了圖,能把文津街,景山前街連起來,把東西南北方向也弄清楚。」

「已經有細心的讀者告訴我了,」我慚愧(但這個慚愧是快樂的)的說,「並且使我在回憶中去了一次北平圖書館和北海前面的團城。」

在燈下,我們幾個頭便擠在這張地圖上,指著,說著。熟悉的地方,無邊的回憶。

「喏,」瑞妹說,「曾在黃化門住很多年,北城的地理我才熟。」

於是她說起黃化門離簾子庫很近,她每天上學坐洋車,都是坐停在簾子庫的老尹的洋車。老尹當初是前清簾子庫的總管,現在可在簾子庫門口拉洋車。她們坐他的車,總喜歡問他哪一個門是當初的簾子庫,皇宮裡每年要用多少簾子?怎麼個收藏法?他也得意的說給她們聽,溫習著他那些一去不回的老日子。

在北平，殘留下來的這樣的人物和故事，不知有多少。我想起我工作過的大學裡的一個人物。校園後的花房裡，住著一個「花兒把式」（新名詞：園丁。說俗點兒：花兒匠），他鎮日與花為伍，花是他的生命。據說他原是清皇室的一位公子哥兒，生平就愛養花，不想民國後，面對現實生活，他落魄得沒辦法，最後在大學裡找到一個園丁的工作，總算是花兒給了他求生的路子，雖說慘，卻也有些詩意。

整個晚上，我們憑著一張地圖都在說北平。客人走後，家人睡了，我又獨自展開了地圖，細細的看著每條街，每條胡同，回憶是無法記出詳細年月的，常常會由一條小胡同，一個不相干的感觸，把思路牽回到自己的童年，想起我的住室，我的小床，我的玩具和伴侶，……一環跟著一環，故事既無關係，年月也不啣接，思想就是這麼個奇妙的東西。

第二天晏起了，原來就容易發疼的眼睛，因為看太久那細小的地圖上的字，就更疼了！

（民國五十年十二月二十五日）

文華閣剪髮記

　　文華閣有一個小徒弟，他管給客人打扇子。客人多了，他就拉屋中間那塊大布簾子當風扇；他一蹲，把繩子往下一拉，布簾子給東邊的一排客人搧一下。他再一蹲，一拉，布簾子又給西邊的客人搧一下。夏天的晌午，天氣悶熱，小徒弟打盹兒了，布簾子一動也不動，老師傅給小徒弟的禿瓢兒上，一腦勺子，「叭！」好結實的一響，把客人都招笑了。這是爸爸告訴我的，爸爸一個月要去兩次文華閣，他在那裡剃頭，刮臉，掏耳朵。

　　現在我站在文華閣門口了。五色珠子穿成的門簾，上面有「文華」兩個字，我早會念了，我現在三年級。今天我們小學的韓主任，把全校女生召集到風雨操場，聽他訓話。他在臺上大聲的說：

　　「古人說，身體髮膚受之父母，不可毀傷，各位女同學，你們的頭髮，也是從父母的身體得來，最好不要剪，不要剪……」

　　我不懂韓主任的話，但是我們班上已經有兩個女生把辮子剪去了，她們臭美得連人都不愛理了，好像她們是天下第一時髦的人。現在可好了，韓主任說不許剪，看怎麼辦！大家都回過頭看她們。可是，剪了辮子到底是什麼樣子呢？如果我也剪了呢？

　　韓老師正向我微微笑。她站在風雨操場的窗子外，太陽光照在她蓬鬆的頭髮上，韓老師沒有剪髮，她梳的是麵包頭，她是韓主任的女兒，教我們跳舞。韓主任一定也不許他的女兒剪髮，我喜歡韓老師，所以我也不能剪。

　　但是我的辮子這樣短，這樣黃，它垂在我的背後，宋媽說，就像在土地廟買的那條小黃狗的尾巴，所以她很不愛給我梳。早晨起床，我和妹妹打架，為了搶著要宋媽第一個給梳辮子。宋媽說：「真想賭氣連你們的兩條狗尾巴剪了去，我省事，也省得姐兒倆睜開眼就打架！」

　　我站在文華閣的玻璃窗前向裡看，布簾子風扇不搧了，小徒弟在給一位客人遞熱手巾，他把那熱手巾敷在客人臉上，一按一按的手巾上冒著熱氣，我仔細一看，那客人原來是爸爸！他常常刮了鬍子總要這麼做的，我知道，熱手巾拿開，就可以看見爸爸的嘴上是又紅又亮的，但是我要趕快趕回家去了，不要讓爸爸看見我。他常對我說：「放學回家走在路上，眼睛照直的向前看，向前走，別東張西望，別回頭，別用手去摸電線桿子，別在賣吃的攤子前面停下來，別……」可是照著爸爸的話做真不容易，街上可看的東西太多了，我要看牆上貼的海報，今天晚上開明戲院是什麼戲？我要看跪在道邊的要飯的，鐵罐裡人家給扔了多少錢？我要看賣假人

參的，怎麼騙那鄉下佬？我要看賣落花生的攤子，有沒有我
愛吃的半空兒？我要看電線桿子，上面貼著那張「天皇皇地
皇皇我家有個愛哭郎」的紅紙條。

　　我今天更要看看街上的女人，有幾個剪了頭髮的？

　　我躲開文華閣，朝前走幾步，再停下來站在馬路沿上，
眼前這個和我一般大的小姑娘，她紮著紅辮根，打著瀏海兒，
並沒有剪髮；馬路邊上走過一個老太婆，她的髻上扣著一個
殼兒，插著銀耳挖子，上面有幾張薄荷葉，她能不能剪髮呢？
又過去一個大女學生，她穿著黑裙子，琵琶襟的竹布褂，頭
上梳的是蓬蓬的橫 S 頭，她還有多久才剪髮？

　　我看來看去，街上沒有走過一個剪髮的。

　　回到家裡來，宋媽一迎面就數叨我：

　　「看你的辮子，早晨梳的緊紮的，這會兒呢，散的快成
了哪吒啦！」

　　宋媽總是這麼嫌惡我的辮子，有本事就給我剪了呀！敢
不敢？要是真給我剪，我就不怕！不怕同學笑我，不怕出門
讓人看見，不怕早上梳不上辮子。可是我就是不剪！媽剪我
就剪。爸爸叫我剪我就剪。韓老師剪我也剪。宋媽叫我剪，
不算！

　　宋媽要是剪了髮，會成什麼樣兒？真好笑！宋媽的髻兒
上插著一根穿著線的針，她不能剪，她要剪了頭髮，那根針
往哪兒插哪？真好笑！

　　「笑什麼？」宋媽納悶兒的看著我。

　　「管哪！笑你的破髻兒，笑你要是剪了髮成什麼樣兒！
你不會像哪吒，一定是像一隻禿尾巴鵪鶉！」

　　走進房裡，媽媽一邊餵瘦雞妹妹吃奶，一邊在穿茉莉花。小小白白的茉莉花還沒有開，包在一張葉子裡，打開來，清香清香的。媽媽把它們一朵朵穿在做好的細鐵絲上，她說：「英子，我一枝，你兩枝。」

　　「為什麼？」

　　「忘了嗎？今天誰要結婚？」

　　「張家的三姨呀！」

　　「是嘛！帶你去見見世面。」

　　「三姨在女高師念書。」

　　「是呀！會有好多漂亮的女學生，你不是就喜歡比你大的姐姐們嗎？」

　　「噢。」我想了想，不由得問，「為什麼我要兩枝茉莉花？」

　　「也是給你打扮打扮呀！下午叫宋媽給你梳兩個抓髻，插上兩排茉莉花，才好看。」媽媽說完看著我的臉，我的頭髮。她一定在想，怎麼把哪吒打扮成何仙姑呢？

　　可是我想起那些漂亮的大女學生來了，便問媽媽：「媽，那些女學生剪了頭髮沒有？」

　　「剪沒剪，我怎麼知道！」

　　「張家的三姨呢？她梳什麼頭？」

　　「她今天是新式結婚，什麼打扮，我可也不知道。可是三姨是時髦的人，是不是？說不定剪了頭髮呢！」媽媽點點頭，好像忽然明白了的樣子。

　　「媽，您說三姨要是剪了髮，是什麼樣子呢？」

　　媽媽笑了，「我可想不出。」她又笑了，「真的，三姨要

是剪了髮，是什麼樣子呢？」

「媽，」我忍不住了，「我要是剪了頭髮什麼樣子？」我站直了，臉正對媽媽，給她看。我不知道我為什麼這麼忍不住，說出這樣的話。

媽「嗯」了一聲，奇怪的看著我。

「媽，」我的心裡好像有一堆什麼東西在跳，非要我跳出這句話，「媽，我們班上已經有好多人剪了辮子了。」

「有多少？」媽問我。

其實只有兩個，但是我說，「有好幾個。」

「幾個？」媽逼著問我。

「嗯——有五六個人都想去剪了。」我說的到底是什麼話，太不清楚，但是媽媽沒注意，可是她說：「你也想剪，是不是？」

我用手攏攏我的頭髮。我想剪嗎？我說不出我是不是想剪，可是我在想著文華閣的小徒弟搧布簾子的樣子，我笑了。

媽媽也笑了，她說：「想剪了，是不是？我說對了。」

「不，」真的，我笑的是那小徒弟呀，可是，媽媽既然說了我剪頭髮的事，那麼，我就說：「是您答應叫我剪，是不是？」

「瞎說，我什麼時候答應你的。」

「剛才。」

宋媽進來了，我趕忙又說：「宋媽，媽媽要讓我剪頭髮。」

「這孩子！」媽媽說話沒有我快，我搶了先，媽媽簡直就沒辦法了。

「你爸爸答應了嗎？」宋媽總是比我還要厲害。

「那──」我搖著身子，不知該怎麼說。

真的，爸爸最沒準兒，他有時候說，他去過日本，最開通，他有時候又說，中國老規矩怎麼樣怎麼樣的。他贊成不贊成剪頭髮呢？他覺得我如果剪去辮子是開通呢？是沒規矩了呢？

宋媽看我在發愣吧，她「哼」的冷笑了一聲說，「只要打通了你爸爸那一關。」

「可是你也說不願意給我梳辮子，要剪去我的頭髮來著。」

「喝！你倒賴上了，你想要時髦，就賴是俺們要你剪的，你多機伶呀！」

我本來並沒有想剪辮子，韓主任也不讓我們剪，韓老師也還沒有剪，可是，這會子我的心氣兒全在剪頭髮上了，我恨不得馬上到文華閣去，坐在那高椅子上，「嘎登」一下子，就把我的辮子剪下來。然後，我穿了新衣服新鞋子，去看張家三姨結婚，讓那麼多人都看見我已經剪了辮子啦！

「你說給她剪了好不好？」媽竟跟宋媽要起主意來了。

「剪了倒是省事，我在街上也看見幾個女學生剪了的。可就是──」宋媽衝著我，「趕明兒誰娶你這禿尾巴呀！」

「討厭，我才不嫁人！」

「只要打通了你爸爸那一關，我還是這句話。」宋媽又提起爸爸。

「媽，」我膩著媽媽，「您跟爸爸說。」

「我不敢。」媽媽笑了。

「宋媽，你呢？」我簡直要求她們了，我要剪頭髮的心氣兒是這麼高，簡直恨不能一時剪掉了。

「你媽都不敢，我敢？誰敢跟你們家的閻王爺說話。」

「我自己去！」我發了狠，我就是我們家的閻王爺！

媽媽撓不過我，終於答應了，媽說，就趁著爸爸不在家去剪吧，剪了再說。

爸爸這時早已離開文華閣去上班了，我知道的。媽媽帶著我，宋媽抱著瘦雞妹妹，領著弟弟，我們一大堆人，來到了文華閣。

文華閣的大師傅看見來了一群女人和小孩，以為是給弟弟剃頭，他說：

「小少爺，你爸爸剛刮了臉上衙門啦！來，坐這個高凳兒上剃。」

「不是，是這個，我的大女兒要剪髮。」

「哦？」大師傅愣了一下，小徒弟也停住了打扇子，別的二師傅，三師傅也都圍過來了，只有一個客人在理髮，他也回頭過來。

「沒人在你們這兒剪過嗎？我是說女客。」媽問大師傅。

「有有有。」大師傅大概怕生意跑了，但是他又說，「前兒個有個女學生剪辮子，咱們可沒敢下剪子，是讓她回家把辮子剪了，咱們再給理的髮。」

「噉，」 媽媽又問：「那就是得我們自己把辮子剪下來？」

「那倒也不是這麼說，那個女學生自己來的，這年頭兒，維新的事兒，咱們擔不了那麼大沉重。您跟著來，還有什麼

錯兒嗎？」

「那個女學生，剪的是什麼樣式？」媽媽再問。

「我給她理的是上海最時興的半破兒。」大師傅足這麼一吹。

「半破兒？什麼叫半破兒？」還是媽媽的問題，真囉嗦。

「那，」大師傅拿剪刀比劃著，「前頭兒隨意打瀏海兒、朝後攏都可以，後頭，就這麼，拿推子往上推，再打個圓角，後脖上的短毛都理得齊齊的。嘖！」他得意的自己嘖嘖起來了。

「那好吧，你就給我的女兒也剪個半怕丫。」

媽媽的北京話，真是！

我坐上了高架椅，他們把我的辮子解散開來了，我從鏡子裡看見小徒弟正瞪著我，他顧不得拉布簾子了。我好熱，心也跳。

白圍巾圍上了我的脖子，辮子的影子在鏡子裡晃，剪子的聲音在我耳邊響，我有點害怕，大師傅說話了：「大小姐，可要剪啦！」

我伸手一把抓住了我的散開的頭髮，喊：「媽——」

媽媽說：「要剪就剪，別三心兩意呀！」

好，剪就剪，我放開了手，閉上眼睛，聽剪刀在我後脖上響。他剪了梳，梳了剪，我簡直不敢睜開眼睛看。可是等我睜開了眼，朝鏡子裡一看，我不認識我了！我變成一個很新鮮、很可笑的樣子。可不是，媽媽和宋媽也站在我的背後朝鏡子裡的我笑。是好看，還是不好看呢？她們怎麼不說話？

大師傅在用撲粉撢我的脖子和臉，好把頭髮碴兒撢下去，

小徒弟在為我打那布扇子，一蹲，一拉。我要笑了，因為瞧小徒弟那副傻相兒！窗外街上也有人探頭在看我，我怎麼出去呢？滿街的人都看著我一個人，只為我剪去了辮子，並且理成上海時興樣兒——半破兒！

　　我又快樂又難過，走回家去，人像是在飄著，我躲在媽媽和宋媽的中間走。我剪了髮是給人看的，可是這會子我又怕人看。我希望明天早晨到了班上，別的女同學也都剪了，大家都一樣就好了，省得男生看我一個人。可是我還是希望別的女生沒有剪，好讓大家看我一個人。

　　現在街上的人有沒有看我呢？有，乾貨店夥計在看我，杭州會館門口站著的小孩兒在看我，他們還說：「瞧！」我只覺得我的後脖子空了，風一陣來一陣去的，好像專往我的脖子吹，我想摸摸我的後腦勺禿成什麼樣子，可又不敢。

　　回到家裡，我又對著鏡子照，我照著想著，想到了爸爸，就不自在起來了，他回家要怎麼樣的罵我呢？他也會罵媽媽，罵宋媽，說她們不該帶我去把辮子剪掉了，那還像個女人嗎？唉！我多不舒服，所以我不笑了，躲在屋裡。

　　媽媽叫我我也聽不見，宋媽進來笑話我：「怎麼？在這兒後悔哪！」

　　然後，我聽見洋車的腳鈴鐺響，是爸爸下班回來了，怎麼辦呢？我不出屋子了，我不去看三姨結婚了，我也不吃晚飯了，我乾脆就早早的上床睡覺算了。

　　可是爸爸已經進來了，我只好等著他看見我罵我，他會罵我：「怎麼把頭髮剪成這個樣子，這哪還像個女人，是誰叫你剪的？醜樣子，像外國要飯的……」但是我聽見：

「英子！」是爸爸叫我。

「噢。」

爸爸拿著一本什麼，也許是一本《兒童世界》，他一定不會給我了。

「咦？」爸看見我的頭髮了，我等著他變臉，但是他笑了，「咦，剪了辮子啦？」只是這麼簡簡單單的一句話，唉！只是這麼簡單的一句話。

我的心一下子鬆下來了，好舒服！爸爸很高興的把書遞給我，他說：「我替你買了一個日記本，你以後要練習每天記日記。」

「怎麼記呢？我不會啊！」記日記，真是稀奇的事，像我剪了頭髮一樣的稀奇哪！

「就比如今天，你就可以這樣記：民國十六年六月十五日我的辮子剪去了。」

「可是，爸，」我摸摸我後脖的半破兒說，「我還要寫，是在虎坊橋文華閣剪的，小徒弟給我搣著布簾子。」

我歪起臉看爸爸，他笑了。我再看桌上媽媽給我穿的兩枝茉莉花，它們躺在那兒，一點用處也沒有啦！

（民國五十年六月十五日）

天橋上當記

　　天橋不是女人常去的地方，因此，以女人的筆來寫天橋，
既不能深入那地方的每一個角落，又怎能寫出那地方的精神，
那裡的江湖，那裡的藝術？

　　可是我寫了。

　　我看到的，實在沒有我聽到的更多。很多年前，有位記
者曾在報上寫過「天橋百景」，光是「天橋八怪」，就寫了八
篇之多，百景寫完了沒有，不記得了，但是他真是個天橋通，
寫作的氣魄，也令人欽佩。

　　父親喜歡逛天橋，他從那裡的估衣攤上買來了藍緞子團
花面的灰鼠脊子短皮襖，冬天在家裡穿著。有人說，估衣都
是死人的衣服，我聽了覺得很彆扭，因此我並不喜歡爸爸的
這件漂亮衣服。母親也偶然帶著宋媽和我逛天橋。她大老遠
的到天橋去買舊德國式洋爐子，還有到處都買得到的煤鏟子
和煙囪等等，載了滿滿兩洋車回來。臨上車的時候，還得讓
「撢孫兒」的老乞婦給窮撢一陣子。她撢了車廂撢車座，再

朝媽媽和我的衣服上亂揮一陣，耍著貧嘴說：

「大奶奶大姑兒，您慢點兒上車。……嘿我說，你可拉穩著點兒，到家多給你添兩錢兒，大奶奶也不在乎。……大奶奶，您坐好了，摟著點兒大姑兒。大奶奶您修好。……嘿，孫哉！先別抄車把，大奶奶要賞我錢哪！」

我看媽媽終於被迫的打開了她那十字布繡花的手提袋，掏出一個銅子兒來。

我長大以後，更難得去逛天橋了，我們年輕一代的生活日用品，是取諸於東安市場和西單商場，因此記憶中的那一次逛天橋，便不容易忘記了。

是個冬天的下午，我和三妹在爐邊烤火，不知怎麼談起天橋來了，我們竟興致勃勃的要去天橋逛逛，她想看看有沒有舊俄國軍毯子賣，我沒有目的。但是媽媽說，天橋的東西要會買的，便非常便宜，不會買的，買打了眼，可就要上當了。我和三妹一致認為母親是過慮的，我們又不是三歲孩子，我們更不會認不出俄國毯子和別的東西的真假。

「還價呢？會嗎？」母親問。

「笑話！漫天要價，就地還錢，我們也懂呀！」三妹說。

「還了價拿腿就走，這不是媽媽您這『還價大王』的訣竅兒嗎？」我說。

母親的勸告，沒有使我們十分在意，我和三妹終於高高興興的來到了天橋。

逛天橋，似乎也應當有個嚮導，因為有些地方，女性是不便闖了去的，比如你以為那塊場地在說相聲，誰不可以聽呢？但是據說專有撒村的相聲，他們是不歡迎女聽眾的，北

平人很尊重女性，在「堂客」的面前，他們是決不會撒村的。
聽說有過這麼一回事，兩位女聽眾來到她們不該聽的場地來
了，說相聲的見有女客來，既不便撒村，又不便說明原委趕
走她們，只好左一個，右一個，盡講的普通相聲，女聽眾聽
得有趣，並不打算起身，最後，看座兒的實在急了，才不得
已向兩位女聽眾說：

「對面棚子裡有大妞兒唱大鼓，您二位不聽聽去？」

兩位女聽眾，這時大概已有所悟，這才紅著臉走了。

我和三妹還不至於那麼傻，何況我們的目的是買點兒什
麼，像那江湖賣藥練把式摔跤的，我們怕誤入禁地，連張望
也不張望呢！

賣估衣的，或賣零頭兒布的，聚集在一處。很有些可買
的東西，皮襖、繡袍、補褂，很多都是清室各府裡的落魄王
孫，三文不值兩文賣出去的。賣估衣的吆喚方式很有趣，他
先漫天要價，沒人搭碴兒，再一次次的自己落價。我們逛到
一個布攤子面前，那賣布的方式，把我們吸引住了。那個布
攤子，有三、四個人在做生意，一個蹲在地上抖落那些布，
兩個站在那裡吆喚，不是光吆喚，而是帶表演的。一塊布從
地攤兒上拿起來時，那個站著的大漢子接過來了，他一面把
布打開，一面向蹲著的說：「這塊有幾尺？」

「十二尺半。」

「多少錢？」

「十五塊。」

於是大漢子把那號稱十二尺半的絨布雙疊拉開，兩隻胳
膊用力的向左右伸出去，簡直要彎到背後了，他帶著韻律的

喊著說：

「瞧咧這塊布，十二尺半，你就買了回去，絨褲褂，一身兒是足足的有富餘！」

然後他再把布撐得砰砰的響，說：

「聽聽！多仔密，多結實，這塊布。」

「少算點兒行不行呀？」這是另一個他們自己的人在問。

「少多少？你說！」自己人問自己人。

「十二塊。」

「十二塊，好。」他又拉開了這塊布，仍然是撐呀撐呀，兩隻胳膊都彎到背後去了。「十二塊，十二尺，瞧瞧便宜不便宜！」

有沒有十二尺？我想有的。我心裡打量著，一個大男人，兩條胳膊平張開，無論如何是有六尺的，雙層布，不就是十二尺了嗎？何況他還極力的彎呀彎呀，都快彎到一圈兒了，當然有十二尺。

三妹也看愣了，聽傻了，江湖的話，乾脆之中帶著義氣，非常入耳，更何況他表演的十二尺，是那樣的有力量，有信用，有長度呢！

「你看這塊布值不值？」三妹悄悄問我。

我還沒答話呢，那大漢子又自動落價了：

「好！」他大喊了一聲，「再便宜點兒，今兒過陰天兒，逛的人少，還沒開張呢！我們哥兒三，賠本兒也得賺吆喚！夠咱們喝四兩燒刀子就賣呀！這一回，十塊就賣，九塊五，九塊三，九塊二咧，九塊錢！我再找您兩毛五！」

大漢子嗓子都快喊劈了，我暗暗的算，十二尺，我正想

買一塊做呢大衣的襯絨，這塊豈不是剛夠。布店裡這種絨布要一塊多錢一尺呢，這十二尺才九塊，不，八塊七毛五，確是便宜。

這時圍著看熱鬧的人更多了，我也悄聲問三妹：

「你說我做大衣的襯絨夠不夠？」

三妹點點頭。

「那——」我猶疑著，「再還還價。」我本已經覺得夠便宜了，但總想到這是天橋的買賣，不還價，不夠行家似的。

「拿我看看。」我終於開口了，圍觀的人都張臉看著我們姐兒倆。

我拿過來看了看，的確是細白絨布。

「夠十二尺嗎？」

攤子上沒有尺，真奇怪，布是按塊兒賣，難道有多長，就憑他的兩條胳膊量嗎？我一問，他又把布大大的撐開來，兩條胳膊又彎到背後去了。

「十二尺半，您回去量。」

「給你七塊五。」

我說完拉著三妹就走，這是跟「還價大王」媽媽學的。其實在我還另有一種意思，就是感覺到已經夠便宜了，還要還價還得那麼少，實在不忍心，又怕人家要損兩句，多難為情，所以趕快藉此走掉，以為準不會賣的，誰知走沒兩步，賣布的在叫了：

「您回來，您回來。」

我明白他有賣的意思了，不免壯起膽來，回頭立定便說：

「七塊五，你賣不賣吧！」

「您請回來！」

「你賣不賣嘛？」

「我賣，您也得回來買呀！」

他說的對，我和三妹又回到布攤前面來。誰知等我回來了，他才說：

「您再加點兒。」

我剛想再走，三妹竟急不待的說：

「給你八塊五好了！」一下子就加了一塊錢。

「您再加點兒，您再加一丁點兒我就賣，這還不行嗎？」

「好了好了，八塊六要賣就賣，不賣拉倒！」

「賣啦，您拿去！」

比原來的八塊七毛五，不過便宜了一毛五，我們到底還是不會還價，但是，想一想，可比外面布店買便宜多了，便宜了幾乎有一半。不錯！不錯！我想三妹也跟我一樣的滿意，因為她向我笑了笑，可能很得意她會還價。

我們不打算再買什麼，逛什麼了，天也不早，我們姐兒倆便高高興興的回家來。見著媽媽就告訴她，我們雖然沒買什麼，但是買了一塊便宜布來。

「我看看。」媽媽說著就拆開了紙包。「逛了半天天橋，你們倆大概還是洋車來回，就買了一塊布頭兒！幾尺呀？八尺？」媽媽把布抖落開了。

「八尺？」我和三妹大叫著，「十二尺哪！」

「十二尺？」這回是媽大叫了，「我不信，去拿尺來，決沒有十二尺！決沒有十二尺！」她連聲加重語氣，媽媽真討厭，總要掃我們的興。

尺拿來了，媽媽一尺一尺的量著，最後哈哈大笑起來，「我說怎麼樣？八尺，一尺也不多，八尺就是八尺！」

我和三妹都楞住了。但是三妹還強爭說：

「您這是什麼尺呀！」

「我是飄準尺！」媽媽一急，夾生的北京話也出來了。

「什麼標準尺——」三妹沒話可講了，但是她仍掙扎著說，「那也沒什麼吃虧的，可便宜哪！才八塊六買的，布鋪裡買也要一塊多一尺哪！」

「我的小姐，說什麼也是上當啦！」媽把布比在我們的鼻子前，指點著說，「一塊多，那是雙面的細絨布，這是單面的，看見沒有！這只要七、八毛一尺。」

真是令人懊喪極了！還有什麼可說的呢！我和三妹相視苦笑。停了一下，她想起什麼似的，說：

「我覺得那個賣布的，他的兩條胳膊，不是明明——，」三妹也把自己的兩手伸平打量著，「難道這樣沒有六尺？那麼大的大男人？難道只有四尺？真奇怪。不過，他真有意思，兩臂用力彎到背後去，彷彿是體育家優美的姿勢。」

「他的話，也有一種催眠的力量，吸引著人人駐足而觀，其實圍觀的人，並不是各個要買布的——」我還沒說完，媽媽嘴快打岔說：

「哪像你們姐兒倆！」

「——而是要欣賞他們的藝術，聽覺和視覺都得到官感的快樂，誰不願意看見便宜不佔呢？誰不願意聽順耳的話呢？天橋能使你得到。」

「吃一回虧，學一回乖，」媽媽說，「你們上了當還直

誇。」

　　「這就是天橋的藝術和精神了，你吃了虧，卻不厭惡它。」

　　「所以說，逛天橋，逛天橋嘛！到天橋去要慢慢的逛，仔細的欣賞，卻不必急於買東西，才是樂事。」媽媽說。

　　八尺的絨，不夠做大衣的襯裡，但足夠做一件旗袍的裡。我做好穿了它，價錢雖然貴了些，但它使我認識了一些東西，雖然上當，總還是值得的。

（民國五十一年）

黃昏對話

　　秋很高,黃昏近了,她的顏色像濃紅的醇酒,使人沉醉。我在這時思想游離了,想到西山的紅葉,但是沉醉在這個黃昏下的,卻是搖曳的大王椰子;綠色的椰葉上蒙著一層黃昏的彩色,輕輕的搖擺著。

　　媽媽不知在什麼時候穿過搖擺的椰樹來了。

　　媽媽的銀髮越來越多了,它們不肯服貼在她的頭上,一點小風就吹散開,她用手攏也攏不住。她進來一坐下就說:

　　「我想起那個名字來了。」

　　她的牙齒全部是新換的,很整齊,但很不自然的含在嘴裡,使得她的嘴型變了,沒有原來的好看,一說話也總要抿呀抿的。我說:

　　「什麼名字呀?」

　　她脫掉姻伯母修改了送給她的舊大衣,流行的樣子,但不合媽媽的身裁。她把紫色的包袱打開,拿出一個紙包來:

　　「剛蒸的,你吃不吃?我早上花了一盆麵,用你們說的

那種花混。」她遞給我一個包子，還溫和，接著又說：「就是那個，一種花的名字。」

她想了想，又忘了。

我把包子咬了一口，剛要說什麼，美麗過來了，她說：

「婆婆，你別說花混好不好！你說發粉，你說，婆，你說──發粉。」

媽媽笑了笑，費力的說：「花──混。」她知道還是沒說對，哈哈笑了，「別學我好不好？」

「你不是說你是老北京嗎？」美麗又開婆婆的玩笑。

「北京人對婆婆說話要說您，不能你你你的。只有你哥哥還和我說您。」

「我哥哥是馬屁精，他想跟你要舅舅的舊衣服穿，就叫您您您的！」美麗說完跑掉了，媽媽想拍她一下也沒拍著。

我想起來了，又問：

「您到底說的什麼花的名字呀？」

「對了，」媽媽也想起來了，「就是你那天說你爸爸喜歡種的，臺灣話叫煮飯花，北京人叫什麼來著，瞧我又忘了。」

「再想想。」

「想起來了，」媽媽高興的又抿抿嘴，「茉莉花。」

「茉莉花？怎麼也叫茉莉花呢？茉莉花是白的，插在頭上，或是放在茶葉裡的呀！」

「就是也叫茉莉花，一點不錯。」

「臺灣話為什麼叫煮飯花呢？」

「要煮飯的時候才開的意思。」

「那也是在該煮晚飯的時候。可不是，爸爸每天下班回

來，從外院抱著在門口迎接他的燕生呀，阿珠呀，高高興興的進來了，把草帽向頭後一推，就該澆花了。這種茉莉花的顏色真多，我記得還有兩色的，像黃的上面帶紅點，粉紅的上面帶紫點，好像這裡的啼血杜鵑花。」

「你記不記得這種花結的籽？」

「怎麼不記得，黑色的，一粒粒像豌豆那麼大，掰開來，裡面是一兜粉，您說可以搽的，可以搽嗎？您搽過嗎？」

「可以搽，可是我沒搽過。」

「您搽粉也真特別，總是不用粉撲，光用手抹了粉往臉上來回搽著，那是為什麼？」

「用手搽混，比混撲還好用哪！」媽媽的「混」又來了。

「那您現在怎麼又不用手了呢？」

「現在的混撲好用呀！」

媽媽說著就用手往臉上來回搓了一遍，這是她平常的習慣，這樣搓一遍，臉上好像舒服了。我看著她的皮膚在這幾年鬆弛多了，頸間的皮，在箍緊的領圈裡擠出來，一下子就使我想到「雞皮鶴髮」這四個字上去。媽媽大概也在想什麼，黃昏的濃酒的顏色更濃了，餘暉從牆外，從樹隙中穿過來，照在廊下的玻璃上，媽媽坐在旁邊，讓黃昏籠罩在她的銀髮上，使我想到茉莉花池旁媽媽的年輕時代。不知道媽媽在想什麼？在想我的嬰孩時代嗎？偎在她的懷裡吃奶？梳緊了我的一根又黃又短的小辮子？為了被貓叼去的小油雞在哭泣？為了不肯上學被爸爸痛打？這時媽媽微笑說：

「你爸爸能把一挑子花都買下來，都沒地方種了，就全栽在後院牆腳下，你記得吧？」

又是爸爸的花！

「我記得，後面那個沒人去的小小、小小的院子，順牆還種了牽牛花呢！到了冬天，花盆都堆在空屋裡，客廳裡又換了從廠甸買來的梅花，對不對？」

媽媽點點頭。

我又想起來了：「好像爸爸的花，您並不管嘛！」在我的印象中，沒有媽媽澆花、種花的姿態，她只是上菜場，買這樣買那樣，做了給爸爸吃，他還要吹毛求疵，說媽媽這樣那樣弄不好。只有一回媽媽不管了，因為爸爸宰了一隻貓吃。我說：

「您記得爸爸宰貓的事吧？」

「哼！」媽媽皺皺鼻子，好像還聞得見三十多年前的貓腥味兒，「你的太婆，就曾自己宰過一隻小狗吃，因為沒有人敢宰。」

太婆宰狗吃的故事，我聽過好幾次了，就是爸爸宰貓的事，我也記得很清楚，而且我也是吃貓的當事人之一，但是我喜歡再談到它，好像重溫功課一樣，一遍比一遍更熟習我的童年，雖然它越過越遠。

「爸爸怎麼想起要吃貓來啦？」我問。

「也巧，虎坊橋廚房的房頂上有個天窗，你記得吧？原來沒有糊紙的，那次糊房子就給糊上了一層紙，剛好一隻又肥又大的野貓踏了空，便從天窗掉下來，跌得半死，你爸爸立刻想到宰了吃。」

「我記得是車夫老趙幫著弄的。」

「是嘛！貓皮扒下來，老趙還拿去賣錢呢！」

「那鍋肉怎麼煮的？」

「像紅燒肉一樣紅燒的呀！切了塊兒。」

「哎喲！」我聳聳肩，咧咧嘴，表示怪噁心的樣子，但是媽媽笑了：

「你還哎喲哪！你吃得香著哪！只有你爸爸和你和你弟弟吃。我們可是離得遠遠的！」

是受了爸爸這方面籍貫的遺傳吧，我們的祖先是來自狗貓猴蛇都吃的那個省分，說是最講究吃，其實多少還帶點兒野性。

「後來呢？」其實結果我早知道，但是還要聽媽媽講一遍。

「後來那隻鍋，怎麼洗，我也噁心，老有一股味道，我就把它扔掉了。」

「貓肉什麼味兒？」我問媽。

「你吃過的呀！」

「可是早忘了。」

「是酸的，聽說。」

媽媽站起來，撲彈著落在身上的香煙灰。她又點起了一枝香煙。

黃昏越來越濃了。美麗過來，捻開電燈，屋裡亮了，屋外一下子跌入黑暗中。

美麗說：「婆婆，你在這裡吃飯吧，天都黑了。」

「我在這裡吃飯？你舅舅呢，那你舅舅回家吃什麼？」

「討厭的舅舅，誰教他不快結婚！」

媽媽堅持要走，她走過去收那塊紫色的包袱，發現她帶

來的包子被三個女孩子吃光了，她說：

「也不懂給你爸爸留，我特別做的冬筍下。」

「婆婆，讀『餡兒』，不是『下』！」然後她們打開了冰箱，「看！」

媽媽看見裡面留著還有，安心的笑了。

媽媽穿起那件不合體的大衣，走到院子裡，黃昏的風又吹開她的銀髮，我想說，拿髮夾夾上吧，但是三個女孩子已經擁著媽媽走出門去了。

（民國五十一年）

吹簫的人

　　南屋常年是陰暗潮濕的，受不到一點陽光的照射。北平人說：「有錢不住東南房，冬不暖，夏不涼。」真是經驗之談。我雖然把兩明一暗的三間南屋佈置成很好的客廳——緞面的沙發，硬木的矮几，牆角的宮燈，仿古花紋的窗簾，腳下是軟軟的地毯；但是我們都沒有興趣到南屋去，熟識的朋友來了，也還是習慣的到我們起居飲食的北屋來坐。

　　就這樣，我們整年的把南屋冷落著。小三合院中心一棵好大的槐樹，像一座天棚，整個夏天遮蓋著這院子，但是南屋更陰暗了。秋天槐花落了滿院子，地上像鋪了一層雪。我一簸箕一簸箕的掃著，心裡就打著南屋的算盤；煤這樣貴，今年冬天我不打算在南屋裝洋爐子了。把去年留下的兩個爐子的煙筒挑一挑，用在北屋的一個爐子上大概夠了。鐵皮暴漲，煙筒省一節是一節，大家都儘量把爐子裝得移近窗戶，這叫做「縮短防線」。我又想，為什麼不把南屋租出去呢？既節流，又開源。

　　這個主意說開了去，大嫂很快就引來了一位房客，她給我介紹說：「咱們南京老親端木家的三太太，你彷彿說過，在中學裡教過你地理的，就是三先生。」

　　我說：「是呀！端木老師不容易被人忘記，他的……」

　　「他的眼鏡。」端木太太立刻微笑著接腔。

　　回憶到學校的生活，我很開心，我大笑著說：「是的，眼鏡，還有冬天那條長長的圍巾，脖子後面總拖著那麼長的一大截，飄盪著。」

　　據說端木家這門老親，和我們攀來攀去，算是平輩表親。端木樸生老師已經死了十多年了。這位端木太太因為一直在外面做事，所以大家都稱呼她一聲「朱先生」。我對端木老師的印象，也只是那掉在鼻樑中間的眼鏡和長圍巾這一點點而已，他實在只教了我連一學期都不到。

　　說是平輩，朱先生比我年紀大多了，已經兩鬢花白，她雖憔悴，但很穩重，也整潔，眉目間藏著年輕時代的風韻。這樣的形容似乎很矛盾，但她給我的第一個印象確是這樣。

　　她是從東城她的親戚家搬出來的，因為她在師大的圖書館工作，住親戚家雖然方便，只是離學校太遠，往返不便，我們家可離師大很近。

　　「老胳膊老腿兒啦！讓我來來去去的趕電車，我也追不上，到了冬天，骨頭節兒就彷彿泡在醋裡，那麼痠痛，真不是滋味兒。」她苦笑著說。

　　但是我想到陰暗的南屋，租給這樣一個獨身而患著風濕的老女人住，而我這年輕健康的卻住著陽光普照的北屋，倒有點不自在，我只好說：「只要朱先生不嫌房子小，不嫌我三

個孩子吵鬧。」

　　朱先生搬來的時候，槐樹葉已經掉完了，光禿禿的枝子在冷風裡挺著。南屋裡我們原來的那一套傢俱，都移到北屋來，北屋顯得擁擠，但是卻像暖和了些。太陽從寬大的玻璃窗透進來，照到紫紅色的沙發上，發著亮光，摸摸是熱的。我很喜歡這種氣氛，抱著孩子坐在沙發上，望著南屋朱先生在忙碌；盆兒呀，罐兒呀，煤球呀，都堆在南屋房簷下的石階上。那地方原來我都擺著菊花，現在這麼一來，原有的一點兒藝術氣氛就沒了。

　　宋媽和朱先生的一個姪女在幫著整理，中午我當然邀她來我家吃飯，她進屋來先在洋爐子旁烤著搓著她凍得發僵的兩手，看著牆上掛的我和凡帶著三個孩子的照片說：「一個人也是一個家，什麼都扔不下，就像蝸牛殼似的，再簡單，也得把它揹在身上，帶來帶去。」

　　她沒有生育過，體態較少變化，也可想見她年輕時的輕盈。她如今穿著青嗶嘰的罩袍，平平貼貼，一點褶痕都沒有，我只覺得她太整潔了。聽了她的話，不知是出於安慰還是真的感覺，我說：

　　「我現在就覺著一個人最舒服，三個孩子加一個丈夫，真亂死我了，我常對凡說，多咱能離開你們清靜幾天才好。要知道伺候大人也不比伺候孩子省事。」我最初是為了安慰她的孤寂，而故意說出羨慕她的話，但說來說去，也說出了我的牢騷。

　　「別這麼說！」她笑著止住我。

　　「這是真話呀！」我也笑著說。

「真的離開了，你又不放心了。」她說著拍拍我的手背，彷彿我是一個不懂事的孩子。

她搬來後，每天早出晚歸，冬天日短，回來後，天都快黑了，大家都縮在屋裡過日子。窗帘拉上，探到爐中去的尾巴壺的水滾開著，孩子的吵鬧歡笑聲，使我應付這三間北屋裡的生活，已經來不及了，這晚上的幾小時簡直就和屋外隔絕了一樣。有時我會猛想起，對面還有一家新街坊呢！也想著到朱先生屋裡去談談，像拜訪朋友似的。但是等到夜靜後，我也疲乏了，掀開窗帘一角向南屋看去，外屋的燈已經熄了，裡面是她的臥室，低燭光的燈亮著，怕她已經就寢了，也就不好去打擾。有一兩次也彷彿聽到樂器的聲音，但被孩子或客人的說笑聲遮蓋了，就沒有注意。

我是一個貪睡的人，冬夜起來弄孩子，真是一件苦惱的事，我常想恢復我的職業生活，然後多僱一個女僕，把孩子交給她去管，我就可以一覺睡到大天亮，是多麼舒服！實在我連續生了三個孩子，已經有六年不知道睡整夜覺的滋味了。

那天我夜半醒來，給孩子換好尿布吃過奶，就翻來覆去的睡不著了，忽然哪裡傳來低低的音樂聲，我仔細的聽，才覺出是南屋朱先生在吹簫。夜靜靜的，那簫聲就彷彿是從山間來，從海邊來，從長街來，幽幽的，鑽進了人的心底。我竟幻想著朱先生吹簫的姿態，像是她坐在半空中，又像是遠遠的從海邊走過來。迷離中我感到寒冷，原來是窗紙白天被小貓抓破了一個洞，冷風鑽進來，吹到臉上。我翻身理好棉被，向裡面鑽了鑽，用被蒙住半個臉，才覺得暖和些。那南屋裡的女主人是多麼寂寞！我不禁關心起朱先生來。「閒夜寂

以清，長笛嘵且鳴」不記得在哪兒看過這麼兩句詩，簫聲低於笛聲，但是在清寂的閒夜，就彷彿是一步步的逼進耳朵來。過了好久，我才睡去，不知是她的簫聲先停，還是我先入夢鄉的。

第二天晚上，我惦記著過去找朱先生談談，便把孩子們早早弄上床。我不知道她喜不喜歡閒聊，很想把毛線也帶過去織（織著毛線談話是最快樂的），又怕那樣顯得是要在她屋裡呆很久，結果從缸裡拿了兩棵醃白菜，送給她就早點吃，算是以此為題。

南屋裡靠窗子擺了一張八仙桌，她工作、吃飯、會客都就著這張桌子，所以上面擺了茶具，也擺了文具，電燈便從屋中拉到窗前的桌上面。爐子剛添上硬煤塊吧，劈劈剝剝的響著，爐子上燉了一壺茶，她喜歡喝釅茶，搬來的頭一天我就知道了。我推門進屋時，她正一個人坐在桌前擦簫，這情景很安靜。我從自己亂鬨鬨的屋子過來，格外覺得舒適，昨夜那種替她孤寂的感覺沒有了。但是我卻仍要把那感覺告訴她，我說：

「昨夜是您吹簫吧？」

「罪過，吵了你了。」

「哪裡，」我趕緊接口說：「我睡覺大砲也轟不醒，是昨夜起來給孩子沖奶聽見的。那調子聽得人心酸，只覺得像沒了著落。說實話，好一會兒我才睡著，不然每天我扔下奶瓶就睡著了。」

「以後夜裡可不能再吹了，你帶孩子害你睡不夠。」她抱歉的說。

　　「不，」我趕忙阻止她，「也只是碰巧我那時醒來，否則再大聲音也聽不見的。我覺得有時也應當讓孩子吵鬧以外的聲音，陶冶一下我的心情，讓這聲音帶著我的思想到更廣闊的境界，您的簫聲使我想想這，想想那，也是很有趣的。」

　　「那麼昨夜你想到什麼了？」她直看著我的臉，認真的問我，我倒不好意思了，說：「想得很多呢！」

　　她起身又去牆上取下一支笛子來，也在擦拭著。我說：「也吹笛子嗎？」

　　「不，我吹不好，是樸生吹的。」

　　對於這種簫啦笛啦的樂器，我知道得太少了，她不說話，我就沒話可接了。我心想送了醃白菜已經完成了人情，可以站起身回屋去了，幸虧沒把毛線帶過來，正這麼想著，朱先生又說話了：

　　「想不到樸生那樣子粗心大意的人會吹笛子吧？他吹的好著呢！」

　　「是的，從表面看起來，端木先生是不拘小節的，也許玩起樂器來很細心吧？」

　　「他在這方面是滿細心的，我卻是個粗人。」

　　「您要是粗人，我更不用提了。」我說著笑了，又問她，「端木先生活著的時候，你們一定常常簫笛合奏吧？」

　　她看了我一眼，點點頭。

　　「中國的樂器有幾種是適合夜闌人靜時獨自演奏的，簫或笛便都是。以前夏天晚上我們常常在北海的小划子上吹奏，那才有意思。」

　　我可以想像得出那種情趣來，因為夏夜在北海划船，常

可以聽見從水面傳過來的口琴聲，留聲機聲，以及情侶們的低吟淺唱。這種生活的享受，我和朱先生都沒份兒了，她是失去了伴侶，我是因為增加了累贅。我對朱先生說出了我的感觸，她也有同感。

我又問，她和端木先生，是誰先對這種樂器發生興趣的？

她今夜很興奮，聽我這樣問，便擦拭著那根笛子說：

「說來話長呢！你問問南京的老親都知道一點兒，當年先父是不贊成我和樸生這門親事的。原來我們兩家都住在北京，而且是世交。樸生在北大，我在女高師，讀書的時候就認識了。畢業以後又同在一個學校教書，雖然接近的機會多了，並沒什麼密切的來往。不知從什麼時候起，他忽然給我寫起信來……」

「情書嗎？」我聽得有趣便插嘴問。

「敢！」她驕傲的說了以後，又天真的笑了，彷彿回到年輕的年月，她就是那無上威風的女王。「他所寫的無非是討論學問思想，當然字裡行間也帶著些情意。我一封也不回他，讓他高興就寫他的！」

「見面說話不說？」上一代「新人物」的戀愛，在我們看來有時是不可想像的，所以我不由得想多問幾句。

「見面應酬話是說的，但他可不敢提寫信的事，我只是在說話間透露出我已經看過他的信就是了。」

「多有意思！」我不禁驚歎。

「民國十七年北伐成功後，遷都南京，端木一家都回南京了。這以前，他家曾央人來求親，可是先父一口就回絕了，我連影子都不知道。家裡只知道我和他同事，並不知道他寫

信的事，那年月，我們雖新，可是家庭還守舊得很呢！我們
再開通，也是半新不舊的，因為許多地方仍要顧到古老的傳
統，不能一下子就變過來。他家回南京時，他也同去了，因
為他是獨子。他回南京後信寫得更勤，這時的信就明顯的表
現出他的意思了。」

「那麼這回您該回他信了吧？」我問。

她笑笑搖搖頭，接著說：

「可是有那麼一天，他事先並沒有寫信說過，竟在學校
裡出現了，當然使我很驚奇，但他不遠千里而來的堅決的情
意，也不能說沒感動我。這時我已經知道父親拒絕求婚，所
以答應和他在學校以外的地方見面，瞞著我的家庭。見面也
只是見面罷了，我還是無意的。直到有一次，我們學校幾個
接近的同事相約到北海賞月，大家帶了樂器去，我吹簫是許
多人都知道的。在北海的那天晚上，我才知道樸生吹笛子。
我獨奏『梅花三弄』，他竟悄悄的，悄悄的，吹起笛子來隨著
我的簫，吹著吹著，我們就變成二重奏了！……」

朱先生說到這裡，起身到爐邊去拿燉在火上的那壺釅茶，
給我斟了一杯，她自己斟了一杯。然後又用煤鉤子去播弄那
爐火，爐門一打開，火光反映到她的臉上，紅亮亮的。我兩
手捧著那杯茶，停了好一會沒說話，看著她的臉，腦中幻想
著當年夏夜太液池中簫笛合奏的情景，彷彿我也是客人中的
一個。我不由得笑說：

「那首『梅花三弄』一定是您和端木先生的定情曲啦！」

她笑笑，回到桌前坐下，從桌上拿起那支笛子：

「唷，始終是這支笛子陪著我，這麼些年了。他走的匆

忙，留在家裡沒帶著，笛子留下了，吹笛的人可再沒回來呢！」她不勝感慨的說著，把笛子又掛回到牆上去。

「端木先生教我們的時候，您和他已經結婚了吧？」我也回憶起那吹笛的人了。

「他教你是哪年的事？」

「民國二十年，我在初中二。」

「已經結婚嘍！我們結婚也還是經過一場奮鬥呢！雖然我答應了他的求婚，但是不能得到父親的諒解。他放棄了父親給他在南京中央政府找到的好職位，而來北平做個中學教員，他的母親也不滿意他，這一切還不都是為了我。父親後來算勉強答應了，也還是有婚後仍住在北平的約定。」

「對於您來說，還是那笛子的力量吧？您的婚姻的故事多麼美，它使我想起了『吹簫引鳳』的故事，您是那弄玉，端木先生正是蕭史，……」但是朱先生打斷我的話，說：

「蕭史和弄玉是夫婦雙雙飛昇而去，我們可是一個飛了，一個還在這兒掙扎求生呢！」

「在心靈上，您仍是和端木先生在一起的，您的夜半簫聲，怎麼能知道他不是在冥冥中也跟您在合奏呢！」

愛情的故事，常常是因為那愛情發生了障礙，才使得故事更美，更動人。我後來聽大嫂說，當初朱家的老太爺不答應這門親事，是因為端木先生是庶出的關係，母親的出身微賤，在家庭中沒有地位，連帶著兒子也遭了殃。端木先生排行第三，前面還有兩個相差很多歲的哥哥，是嫡出的。在那講究門第與身世的上一代，怎能怪他們為兒女的多方操心呢！可惜這一對在新舊時代交替中奮鬥的夫婦，在如願以償之後，

終不能白頭偕老，他們只有短短不到八年的相守。端木先生是七七抗戰那年由北平到內地去，在一次汽車失事中喪命的。意外的死，生者難堪，她怎麼能不日日以簫聲喚回那荒野中的孤魂呢！簫聲可以使她回到往昔月夜泛舟的情景中去，無怪其聲哀以思了。

有一次在偶然的閒談中，又提到了她的簫，她曾這麼說過：

「沒有孩子的夫妻和有孩子的夫妻，畢竟不同啊！看你們小兩口子雖然有時拌嘴，但是半天都忍不了，你們就忘了，因為有孩子一打岔就過去了。我們可就不同嘍！婚後的現實環境，到底不是婚前所想到的，我從小長大什麼苦頭都沒受過，所以有一點點不遂意，就使我幾天不愉快，不和樸生說話。長日無聊，我只有吹簫來解心頭之悶。常常在這種情形下，樸生便也不知什麼時候，拿起笛來，和著我一起吹奏了。這樣，一根笛一根簫，便像你家的老大和老二，把我們的不愉快，無形中岔開了。」

我聽說過，朱先生在婚後和婆母不和，這也是常引起他們夫妻不愉快的因素，端木先生在母親的獨子與愛妻的丈夫的夾層中，常常左右為難。據說在端木先生死後，婆媳反倒相安無事了。

一個冬天在蜷縮中過去了，今年春暖得早，陰曆的正月過不久，家裡的火爐就拆了。屋門敞開著，孩子們就騎在屋門坎上，享受著春日的陽光。但是南屋的爐火挨到陰曆二月才拆除，因為朱先生在鬧病，她有畏寒的毛病。上班也就是那麼回事了，年輕的男女同事們聽說她病了，倒是常常來看

她。有時她們帶了菜來做，哄著她說笑，像女兒對媽媽似的。

　　開春以來，她就很少吹簫了，看見牆上掛的笛子，我總會想起簫，也偶然問她：

　　「朱先生，好久沒吹簫解悶了吧？聽您吹簫，對於我也是一種享受呢！」

　　「提不起興趣。怎麼？又想聽著簫聲想心事嗎？」

　　「其實我聽著簫聲，多半想的還是您呢！」我玩笑的說，但確是實在的話。有一次偶然讀到杜牧的「青山隱隱水迢迢，秋盡江南草木凋，二十四橋明月夜，玉人何處教吹簫」的詩，不知怎麼都聯想到朱先生了。

　　交夏以後，時局急轉直下的緊張起來，五月間凡去上海看全國運動會的熱鬧，到八、九月，我們就籌劃著到臺灣的事了。要離開一個依賴了多年的地方，真不是一件容易的事，我沒出過遠門，一下子就讓我來個大遷徙，說實話，我連行李都不會捆呢！

　　「我留在這兒慢慢的結束，你一個人先走，你到臺灣都安頓好，再來接我們。」我對他曾經這樣建議，並且屢次討論時，都堅持這個主張。

　　這時宋媽來告訴我，朱先生請我過去一趟。她病病快快的躺在床上，我真抱歉不安，好多天都把她忘了，只顧鬧我自己的情緒。

　　她倚在床欄上，用責備的口吻對我說：「為什麼不跟著丈夫一起走呢！兵荒馬亂的時候，不要分離，一家人的手還是緊緊捏在一起的好，更不應當在這個時候鬧彆扭。」

　　她一定是從宋媽的嘴裡知道這一切的，我告訴她我不安

的情緒和一些困難。她忽然拉住我的手，悲痛的說：「如果十二年前我和樸生一道走，我今天的情形也許不是這樣子了。」她說著拍拍蓋在身上的那條被。「我跟你說了那麼多我和樸生的事，只有一件沒說過。」她停了一下，好像要揀個最合適的方法說出來，「在七七事變前，我因為家庭的苦惱——你知道就是為了樸生的母親，和樸生鬧得很不愉快。七七事變一起，樸生和我商量說，把母親送到上海跟大哥過，然後我們一道南下。但是我不肯，我要他把母親送到上海去，自己南下，我要先在北平清靜清靜。無論他怎麼說，我執意不肯，直到他已被敵人注意而不能不走了，一切都來不及打算，便先離開北平。到上海他來信說，情緒很不好，因為擔心著我們婆媳的安全，和想到沒來得及安排我們的生活就離開了，心中始終是不安的。他要我仍及時準備，立刻和母親到上海去，他有半個月的時間可以等待。我接到他的信，雖然心中略有所動，可是始終不肯去跟婆母商量，半個月這樣拖過去了，樸生在上海不得不動身南下，還沒走出江蘇省境，他就死了。你不能讓一個人不安的離開家，是不是？心中不安就會有不幸，這常是連帶的。總要生活在一起，才能彼此安慰與照顧。聽見沒有？」

她的一大篇話，使我恍然明白這一對夫妻的整個故事，我一直知道的是那前半部完美的，但那一時的過錯，卻能使一個人永生贖不完。朱先生的簫聲，不只是懷念和幽怨，還有著遺憾與懺悔，所以那聲音才使人心弦震動。

晚上我同意了凡的建議，我們一起到臺灣去，他感動而欣慰的吻著我，並且緊緊的捏住我的手。晚上我睡在被裡，

忽然聽朱先生又吹起簫來，聲音是那麼微弱，一個調子重複了幾次，都吹不成腔，想著她白天為我說出她隱藏了多年的秘密，真是肺腑之言，但是我們就要離開她了，而她又正在病中。

來到臺灣以後，立刻就給接住北屋的弟婦寫信，除了報告平安抵達之外，還問候朱先生的病況，弟婦回信卻沒提起，她準是在匆忙中忘了。很迅速的，以後就音訊不通了。

在臺灣，十年的廝守，全憑朱先生的一篇愛情的故事。朱先生如果還健在的話，算一算，真不信，當年在太液池上吹簫的女人，如今已是望七之年了。

（民國四十八年一月）

虎坊橋

　　常常想起虎坊橋大街上的那個老乞丐，也常想總有一天把他寫進我的小說裡。他很髒、很胖。髒，是當然的，可是胖子做了乞丐，卻是在他以前和以後，我都沒有見過的事；覺得和他的身分很不襯，所以才有了不可磨滅的印象吧！常常在冬天的早上看見他，穿著空心大棉襖坐在我家的門前，曬著早晨的太陽在拿蝨子。他的唾沫比我們多一樣用處，食指放在舌頭上舔一舔，沾了唾沫然後再去沾身上的蝨子，把蝨子夾在兩個大拇指的指甲蓋兒上擠一下，「噠」的一聲，蝨子被擠破了。然後再沾唾沫，再拿蝨子。聽說蝨子都長了尾巴了，好不噁心！

　　他的身旁放著一個沒有蓋子的砂鍋，盛著乞討來的殘羹冷飯。不，飯是放在另一個地方，他還有一個黑髒油亮的布口袋，乾的東西像飯、饅頭、餃子皮什麼的，都裝進口袋裡。他抱著一砂鍋的剩湯水，仰起頭來連扒帶喝的，就全吃下了肚。我每看見他在吃東西，就往家裡跑，我實在想嘔吐了。

　　對了，他還有一個口袋。那裡面裝的是什麼？是白花花的大洋錢！他拿好了盅子，吃飽了剩飯，抱著砂鍋要走了，一站起身來，破棉褲腰裡繫著的這個口袋，往下一墜，洋錢在裡面打滾兒的聲音叮噹響。我好奇怪，拉著宋媽的衣襟，指著那發響的口袋問：

　　「宋媽，他還有好多洋錢，哪兒來的？」

　　「哼，你以為是偷來的，搶來的嗎？人家自個兒攢的。」

　　「自個兒攢的？你說過，要飯的人當初都是有錢的多，好吃懶做才把家當花光了，只好要飯吃。」

　　「是呀！可是要了飯就知道學好了，知道攢錢啦！」宋媽擺出凡事皆懂的樣子回答我。

　　「既然是學好，為什麼他不肯洗臉洗澡，拿大洋錢去做套新棉襖穿哪？」

　　宋媽沒回答我，我還要問：

　　「他也還是不肯做事呀？」

　　「沒聽說嗎？要了三年飯，給皇上都不做。」

　　他雖然不肯做皇上，我想起來了，他倒也在那出大殯的行列裡打執事賺錢呢！爛棉襖上面套著白喪褂子，從喪家走到墓地，不知道有多少里路，他又胖又老，還舉著旗呀傘呀的。而且，最要緊的是他腰裡還掛著一袋子洋錢哪！這一身披掛，走那麼遠的路，是多麼的吃力呢！這就是他蕩光了家產又從頭學好的緣故嗎？我不懂，便要發問，大人們好像也不能答覆得使我滿意，我便要在心裡琢磨了。

　　家住在虎坊橋，這是一條多姿多彩的大街，每天從早到晚所看見的事事物物，使得我常常琢磨的人物和事情可太多

了。我的心靈，在那小小的年紀裡，便充滿了對人世間現實生活的懷疑、同情、感慨、興趣……種種的情緒。

　　如果說我後來在寫作上有怎樣的方向時，是幼年在虎坊橋居住的幾年，給了我最初的對現實人生的觀察和體驗也說不定吧！

　　沒有一條街包含了人生世相有這麼多方面。在我幼年居住在那裡的幾年中，是正值北伐前後的年代。有一天下午，照例的，我們姊弟們洗了澡換了乾淨的衣服，便跟著宋媽在大門口上看熱鬧了。這時來了兩個日本人，一個人拿著照像匣子，另一個拿著兩面小旗；是青天白日旗，紅黃藍白黑五色旗剛剛成了過去。小日本兒會說中國話，拿旗子的走過來笑瞇瞇的對我說：

　　「小妹妹的照像的好不好？」

　　我不知道這是怎樣一回事，和妹妹向後退縮，他又說：

　　「不要緊，照了像我要大大的送給你。」然後他看著我家的門牌號數，嘴裡念念有詞。

　　我看看宋媽，宋媽說話了：

　　「您這二位先生是──？」

　　「噢，我們的是日本的報館的，不要緊，我們大大的照了像。」

　　大概看那兩個人沒有惡意的樣子，宋媽便對我和妹妹說：「要給你們照就照吧！」

　　於是我和妹妹每人手上舉著一面青天白日旗，站在門前照了一張像，當時也不知道究竟是為什麼要這樣照。等到爸爸回家時告訴了他，他不但沒有生氣，反而玩笑著說：

「不好嘍，讓人照了像寄到日本去，說不定是做什麼用哪，怎麼辦？」

爸爸雖然玩笑著說，我的心裡卻是很害怕，擔憂著。直到有一天，爸爸拿回來一本畫報，裡面全是日本字，翻開來有一頁裡面，我和妹妹舉著旗子的照片，赫然在焉！爸爸講給我們聽，那上面說，中國街頭上的兒童都舉著他們的新旗子。這是一本日本人印行的記我國北伐成功經過的畫冊。

對於北伐這件事，小小年紀的我，本是什麼也不懂的，但是就因為住在虎坊橋這個地方，竟也無意中在腦子裡印下了時代不同的感覺。北伐成功的前夕，好像曾有那麼一陣緊張的日子，黃昏的虎坊橋大街上，忽然騷動起來了，聽說在逮學生，而好客的爸爸，也常把家裡多餘的房子借給年輕的學生住，像「德先叔叔」（《城南舊事》小說裡的人物）什麼的，一定和那個將要迎接來的新時代有什麼關係，他為了風聲的關係，便在我家有了時隱時現的情形。

虎坊橋在北京政府時代，是一條通往最繁華區的街道，無論到前門，到城南遊藝園，到八大胡同，到天橋……都要經過這裡。因此，很晚很晚，這裡也還是不斷車馬行人的。早上它也熱鬧，尤其到了要「出紅差」的日子，老早，街上就湧到各處來看「熱鬧」的人。出紅差就是要把犯人押到天橋那一帶去槍斃，槍斃人怎麼能叫做看熱鬧呢？但是那時人們確是把這件事當做「熱鬧」來看的。他們跟在載犯人的車後面，和車上的犯人互相呼應的叫喊著，不像是要去送死，卻像是一群朋友歡送的行列。他們沒有悲憫這個將死的壯漢，反而是犯人喊一聲：「過了十八年又是一條好漢！」群眾便喊

一聲：「好！」就像是舞臺上的演員唱一句，下面喊一聲好一樣。每逢早上街上湧來了人群，我們便知道有什麼事了，好奇的心理也鼓動著我，躲在門洞的石墩上張望著。碰到這時候，母親要極力的不使我們去看這種「熱鬧」，但是一年到頭常常有，無論如何，我是看過不少了，心裡也存下了許多對人與人間的疑問：為什麼臨死的人了，還能喊那些話？為什麼大家要給他喊好？人群中有他的親友嗎？他們也喊好嗎？

　　同樣的情形，大的出喪，這裡也幾乎是必經的街道，因為有錢有勢的人家死了人大出殯，是所謂「死後哀榮」，所以必須選擇一些大街來繞行，做一次最後的煊赫！沿街的商店有的在馬路沿上擺上了祭桌，披麻帶孝的孝子步行到這裡，叩個頭道個謝，便使這家商店感到無上的光榮似的。而看出大殯的群眾，並無哀悼的意思，也是抱著看熱鬧的心情，流露出對死後有這樣哀榮，有無限的羨慕的意思在。而在那長長數里的行列中，有時會看見那胖子老乞丐的。他默默的走著，面部沒有表情，他的心中有沒有在想些什麼？如果他在年輕時不蕩盡了那些家產，他死後何嘗不可以有這份哀榮，他會不會這麼想？

　　欺騙的玩意兒，我也在這條街上看到了。穿著藍布大褂的那個瘦高個子，是賣假當票的。因為常常停留在我家的門前，便和宋媽很熟，並不避諱他是幹什麼的。宋媽真奇怪，眼看著他在欺騙那些鄉下人，她也不當回事，好像是在看一場遊戲似的。當有一天我知道他是怎麼回事時，便忍不住了，我繃著臉瞪著眼，手插著腰，氣勢洶洶的站在門口。賣假當票的說：

「大小姐，我們講生意的時候，您可別說什麼呀！」

「不可以，」我氣到極點，發出了不平之鳴，「欺騙人是不可以的！」

我的不平的性格，好像一直到今天都還一樣的存在著。其實，所謂是非的看法，從前和現在，我也不盡相同。總之是人世相看多了，總不會不無所感。

也有最美麗的事情在虎坊橋，那便是春天的花事。常常我放學回來了，爸爸在買花，整擔的花挑到院子裡來，爸爸在和賣花的講價錢，爸爸原來只是要買一盆麥冬草或文竹什麼的，結果一擔子花都留下了。賣花的拿了錢並不掉頭就走，他還留下來幫著爸爸往花池或花盆裡種植，也一面和爸爸談著花的故事。我受了勤勉的爸爸的影響，也幫著搬盆移土和澆水。

我早晨起來，喜歡看牆根下紫色的喇叭花展開了她的容顏，還有一排向日葵跟著日頭轉，黃昏的花池裡，玉簪花清幽的排在那裡，等著你去摘取。

虎坊橋的童年生活是豐富的，大黑門裡的這個小女孩是喜歡思索的，許是這些，無形中導致了她走上以寫作為快樂的路吧！

（民國五十年七月）

騎小驢兒上西山

正月裡，總忘不了趕在正月十九以前，去一趟白雲觀。不是為會神仙，不是為打橋底下那個金錢眼，也不是為看那幾個打坐的高齡老道，只是為了騎小驢兒，出西便門跑一趟。

騎術並不佳，膽子也不大，比起宋媽跟她當家兒的回牛郎山騎小驢兒的派頭兒，差多了；她盤腿兒坐在驢背上，四平八穩的，驢脖子上的鈴鐺串兒，在雪地裡響得清脆可聽，驢蹄子嗒嗒嗒嗒的，踏著雪地遠去了。我不是那樣，我騎的這頭小黑驢兒，牠也有一串鈴鐺，為了是大正月，趕驢的還愛給他的「驢頭馬面」打扮打扮繫上紅綠繩。我告訴趕驢的，可別離開我太遠，小驢兒稍微跑快幾步，我四顧無人，就急得吱吱叫。從宣武門騎上驢，出西便門一里多就到了白雲觀。

白雲觀雖然是很熱鬧，但給我的印象卻是很破舊，也許看了很多大廟宇的關係，如果不是為了要騎驢，還真是沒興致來呢！記得白雲觀門前牆上鑲著的那個石猴嗎？大家進去都要伸手摸一摸，無非是取其吉祥。石猴被摸得黑污油亮，

實在不可愛。進來以後，你就花錢吧，石橋洞裡，盤坐著一位老道，無數的銅子兒向他拋去。能拋中老道的，當然又是吉利，這叫「打金錢眼」，這樣有去無回的擲錢法，實在也是老道的斂錢的好法子。後來幣制改了，鈔票取代了銅板，可就慘了老道們了。

　　打過金錢眼，再向裡走，就跟護國寺的廟會一樣，除了吃的就是耍的，總是千篇一律的那種套圈兒的玩意兒，不要說十圈九不中，你就是套上一百回，也未必能贏回一個小泥狗！再到後院去看房裡那幾個在炕頭上打坐的老道士吧，說他們有九十啦，一百啦，究竟是多大歲數，也說不清。

　　白雲觀不過如此。趕緊再出來找小驢，風塵滾滾的騎回宣武門來。一年一度的騎小驢兒逛白雲觀的目的，就算達到了。

　　春天和秋天，我總還有兩次騎小驢兒上西山的機會。

　　西山的範圍可廣了，往大裡說，是：西山內接太行，外屬諸邊，磅礡數千里。我騎小驢兒可沒有這麼大本事！西山可說是京西諸山之總名，玉泉山也是西山，碧雲寺也是西山，臥佛寺也是西山，八大處也是西山，香山也是西山。古人遊西山，嘗說「西山寺三百」，甚至說「西山寺五百」，數字雖不準確，但廟宇之多是無疑的。

　　騎小驢兒上八大處，卻是我難忘的經歷。小驢兒上山有本事，可是牠專愛走那山徑小道的邊沿，如果牠一失足，不就滾下高山深澗了嗎？可是牠沒有，只是使我心驚不已，就緊緊拉住韁繩，「吁——吁——」的喊牠。我想小驢兒也是會捉弄人的，誰教你騎了牠，使牠負擔沉重呢！

八大處有名的是秘魔崖，神秘的佛教故事是很美的。那故事是說：「當年名僧盧師從江南乘船北來，船到了崖下便止而不行，於是盧師就留在崖居。有一天兩個小沙彌來拜見盧師，他們說：『師傅，我們願意永遠的侍候您。』盧師便留下了他們，一個名大青，一個名小青。這樣過了幾年，忽然有一年久旱不雨，大青和小青向盧師說：『我們可以使雨及時而下的。』說著，他們倆就投身在潭水裡，變成兩條青龍，過不久，果然甘霖解旱。」

許多詩人寫了遊秘魔崖的詩，我偏愛一首七言絕句：

> 秘魔崖仄蘚文斑，千載盧師去不還。遣有澄潭二童子，日斜歸處兩連山。

騎小驢騎到香山的雙清別墅看金魚，也是難忘的事。小驢在別墅門外等著，我們進來休息，遊客向池裡扔下麵包，看尺長的金魚游來，一扭腰一張嘴，一塊麵包就吃進去了！我們也談論別墅的一位慈善家，他有怎樣一個殘廢的兒子的故事。那些故事，那別墅是怎樣的走法，都不記得了，只記得金魚美麗的游姿和小毛驢醜怪的嘶鳴。

從碧雲寺騎小驢到臥佛寺，倒不是一條難行的路，也不遠。一丈多長的臥佛，總是那麼悠閒的斜臥在大殿裡，「接見」年年去探望他的小客人。這位小客人，當她還是小小姑娘的時候，就喜歡這個臥佛，她知道臥佛是用五十萬斤銅鑄成的，前清的皇帝都向他獻了鞋子，那個擺鞋的玻璃櫥裡，三雙的尺寸盡不相同，無論哪一雙，臥佛都穿不進，但是供

獻是一種敬意。後來那小遊客長大了，有一年她同了親愛的男友同遊，仍然忘不了去看一看她所惦念的臥佛和佛的大鞋子。這一次的西山之遊，對她的意義是重大的，春風如輕紗拂面的這個季節，一次騎小驢兒上西山的郊遊，增進了她和他彼此的愛慕。難忘的西山啊！

逝去的日子，我不傷感，只是懷念，我讀前人的西山詩句，像：

自別燕臺白日徂，華陽碣石總荒蕪。獨留一片西山月，猶照當月舊酒爐。

又讀：

人生百歲幾日春，休將黑髮戀風塵。去年此地君曾至，想見鶯花待故人。

總是給我對北方無限的懷念。記得最後一年逛西山是秋天，對滿山紅葉，有無限山川的離情，知道要走了，要離開依賴了二十多年的第二故鄉，心情真是沉重。

騎小驢兒，上西山，已經是十四年前的事兒了！

（民國五十二年一月一日）

重讀《舊京瑣記》

　　「枝巢老人」是我的公公六十歲以後用的筆名，在那以前，他為文多署名「枝巢子」。我不知道他為什麼署名「枝巢」，猜想也許是引用〈古詩十九首〉中「越鳥巢南枝」句。因為公公是南京人，他在《舊京瑣記》自序中說：「余以戊戌通籍京朝……」，是他在清光緒廿四年進京趕考，就留居在北京了。〈古詩十九首〉中的「胡馬依北風，越鳥巢南枝」句，都是不忘故土的意思。

　　枝巢老人是舊文學作家，對於詩、詞、曲、駢，皆有研究。曾出版《嘯盦詩詞》、《和姜白石詞》、《枝巢四述》、《珠韝記傳奇》、《舊京瑣記》等書，《舊京瑣記》或許出版最早，是木刻版本。

　　輕裝來臺，公公的書都沒有帶出來，我們卻常常希望能再看到。只是此間故舊稀疏，無處去找罷了。上月鄭再發、王雪真夫婦來訪，偶然和他們談及，他們回去後，一下子就找到《枝巢四述》和《舊京瑣記》兩書寄來了。我們真是又

高興，又感激。我展讀兩書，不禁流下淚來。也許因為那時我心情欠佳，打開書，像看見親人一樣，要傾訴我心中的委屈了。

　　我想起生活在公公跟前的日子。他有八個兒子，娶過六房兒媳婦，我是其中年齡最小的。我受到公公的重視，是因為他知道我自幼失怙，勇於負起照應寡母和弟妹的責任。在婚前他就曾對承楹和我說，他對我們的婚姻最放心。可惜我孝順公公的日子並不多，結婚不到十年，我們這個小家庭，就搬來臺灣了。

　　記得初生焯兒時，我不會帶孩子，又碰上個夜哭郎。冬夜啼哭，吵得爺爺失眠，老人常常披著皮襖上樓來，抱過去哄。孫子那麼多，他從來沒有這麼關心過。如今焯兒已經大學畢業，戴上方帽子了，日子過得可怕不可怕呢？

　　《枝巢四述》是公公在大學教授國學時的講義，包括：說駢，言詩，談詞，論曲四章。我對國學沒有根基，寧願寫些重讀《舊京瑣記》的興趣。書名「瑣記」，正如他在「發凡」中說：

> 是編僅就一時記憶所及，筆之於書，他日復有所憶，或更為續記。是編所記不免謬誤，或當日聞焉弗詳，見焉弗審，嚮壁虛構，則非所敢。……是編所記，特刺取瑣聞逸事，里巷俳談，為茶餘酒後遣悶之助，間及時政朝流，亦取無關宏旨者。……

「舊京」的意思，是指自清同治以來至清末的見聞。目

錄分：俗尚、語言、潮流、宮閨、儀制、考試、時變、城廂、市肆、坊曲等十卷。雖然所記的是將近一世紀前的舊事，但是有些地方，現在讀來仍有親切之感。其寫北平風物之美，令作過「北平人」的看了，懷念不已。但是諷刺人情之偽的，又使人啞然失笑。這是一個北居南人的見聞和感想，因為作者是南方人，所以能客觀的描述幾百年帝都的生活，而品評其優劣得失。至於文筆的典雅簡潔，不可作一字增減，可稱是筆記中的上品。

如《瑣記》中寫都人因習見官儀，多講禮貌，曾有這樣一段：

> 婦女見客，匪特旗族為然，土著亦有之。門生謁師，固無不見師母者。親戚至，無不見家人者。余初北來，詣一遠戚，乃其家閨中之人咸集，若者妗、姨、姑、姊、妹，固夙所未知也。然一片嚶嚀問好之聲，推本身以及南中之家人，一一都遍。實則余家人固夢寐中不知有此戚也。彼輩亦不知余家究有何人，特臆想而遍詢之，謂匪是弗親耳。昔見笑劇有不相識之人，乍見而呼曰：「趙。」答曰：「非趙。」「然則錢？」曰：「無錢。」「若是則孫三爺？」曰：「余無弟兄。」又有初會者，見面極親，問其尊親好，自家人以逮雞犬，終則曰：「貴姓？」殆此禮作俑歟？

這種虛偽的禮貌，我想在北平久住的人，都會知道。說相聲的也常常講到這種笑話。另一段也是作者親身的經驗：

交際場中，亦多虛偽之風。昔於筵中晤一人，談悉為世交。彼則極意周旋，堅約來日一飲。既而曰：「明日有內廷差，後日如何？」方遜謝，彼已呼筆書東，議地議菜，碌亂不已。席將終，彼忽拍膝曰：「後日有家祭，奈何？」他客為解曰：「相見正長，何必亟亟？」余惡其擾，亦謝曰：「此月中鄙人方有俗冗，得暇再趨擾耳。」後終不晤。友人云：「彼之延飲，面子也。君應遜謝，亦面子也。君竟不堅辭，彼祇有自覓臺階以下耳。」

講到北平的住宅，有一段說：

京師屋制之美備，甲於四方，以研究數百年，因地、因時，皆有格局也。戶必南向，廊必深，院必廣，正屋必有後窗，故深嚴而軒朗，大家入門即不露行，以廊多於屋也。夏日窗以綠色冷布糊之，內施以捲窗。晝捲而夜垂，以通空氣。院廣以便搭棚，人家有喜慶事，賓客皆集於棚下。正屋必有附室，曰「套間」，亦曰「耳房」。以為休息及儲藏之所。夏涼冬煖，四時皆宜者是矣。

上面所說的這種「廊必深，院必廣，正屋必有後窗」的標準大宅第，在北平後門一帶最多，因為清時皇親貴戚都住在那一帶，取其離皇宮近。廣大的院落，墁著大方磚，掃得乾乾淨淨，朗敞極了。民國以後，那些人坐吃山空，又沒有

工作能力，靠典賣度日，等到那棟大房子出手時，家道也就
完結了。

北平一般人所住的「四合房」、「三合房」。作者也有一段
記述：

> 中下之戶曰：四合房、三合房。貧窮編戶，有所謂雜
> 院者，一院之中，家占一室，萃而群居，口角奸盜之
> 事出焉。然亦有相安者，則必有一人焉，或最先居入，
> 或識文字，或擅口才若領袖然。至於共處既久，疾病
> 相扶，患難相救，雖家人不啻也。

日前讀英文《中國郵報》，有一段中華商場的特寫，並附
照片，揭開二、三樓住戶雜居的生活情形，類似北平雜院，
使我聯想到，今天臺北的中華商場，如果能產生出有力的領
袖，也許可過很好的「雜院」的日子。

有許多人寫到北平的生活，常喜歡引用「天棚魚缸石榴
樹，先生肥狗胖丫頭」這副對聯，以為這就是北平人的悠閒
生活寫照，但卻不知它的真正來歷。看了《舊京瑣記》的記
述，才知道它多少還含有譏諷之意呢！

> 都中土著在士族工商而外，有數種人，皆食於官者。
> 曰：書吏、世世相襲，以長子孫。其原貫以浙紹為多，
> 率擁厚資，起居甚侈，夏必涼棚，院必磁缸以養文魚，
> 排巨盆以栽石榴。無子弟讀書，亦必延一西席以示闊
> 綽。譏者為之聯云：「天棚魚缸石榴樹，先生肥狗胖丫

頭。」其習然也。……

公公雖然居住北平數十年，但他說話仍帶南京口音，全
家老少的飲食習慣，也還保持江南口味。但公公對北平語言，
卻頗有心得，故《瑣記》中獨立一章。茲錄數則如下：

> 有一字而分三意者，如「得」字。失手而物碎，曰：
> 「得！」其音促有惋惜意。見人相爭而曰：「得了！」
> 有勸止意。令人作食物或製他物曰：「得了嗎？」有詢
> 問意。
> 稱我曰：「咱」，我所獨也。曰：「咱們」，則與言者所
> 共也。昔有人初至北京，學為京語，偶與友談及其妻，
> 輒曰：「咱們內人。」友笑謝曰：「不敢。」俄又談及
> 其親，復曰：「咱們的父親。」友亟避去。

上面這段，使我想起有一次一位小朋友，好奇的向我學
北平話，特別欣賞「咱們」二字，但是他用不好，總是說：
「咱們我們一起去玩吧！」「這是咱們我們的家。」

> 京人談話，好為官稱，有謙不中禮者。昔見一市井與
> 人談及其子，輒曰：「我們少爺。」初以為怪，後熟聞
> 之，無不皆然，以是謂之官稱。又見旗下友與人談，
> 詢及其兄，則曰：「您的家兄。」初以為怪，後讀《庸
> 盦筆記》，乃知其有本，不足怪矣。

　　說到「我們少爺」，我也想起了一件舊事。記得好像是抗戰勝利後，有一位官員到北平宣慰老百姓，當他到貧民區去訪問時，問一位老人，他兒子到哪裡去了？老人竟回答說：「我們少爺上粥廠打粥去了！」粥廠是北平冬季專為貧民設立的施粥的處所。

> 京語有最雅者，如曰：「可一街」，「可一院」即滿街、滿院之義也。唐人詩：「一方明月可中庭」。「山可一窗青」。皆與此義同。
>
> 有雖為俗語而有意義可尋者，如大言曰「吹」。視曰「盯」。偷覷曰「瞜」。詳示以物曰「晃」。性急曰「毛」。躁曰「發毛」。私曰「體恤」。私財曰「體己」。錯誤曰「擰」。執拗曰「彆扭」，亦曰「擰」。中空曰「草包」。閒談曰「撩」。閒遊曰「逛」。飲曰「喝」。吸煙曰「抽」。亂曰「麻煩」。熱鬧曰「火熾」，亦曰「火爆」。不熱鬧曰「溫」。美曰「俊」，亦曰「俏式」，又曰「邊式」，曰「得樣」。性傲曰「苗」。柔曰「溫存」。發怒曰「火勁」。剛曰「標」。纏足曰「蠻子」。天足曰「旗下」。乞物曰「尋」。物光緻曰「抹麗」。不老曰「少形」。群作曰「鬧」。驅逐曰「轟」。接近曰「拉攏」。勞曰「累」，亦曰「乏」。不強曰「乏物」。過熟曰「大乏」。脫空曰「漂」。刻薄曰「損」，譏人亦曰「損」。初起曰「底根」。終了曰「壓根」。或以形象，或以意會，皆不失字之正義者也。

　　上面只是略摘自《瑣記》中的「時尚」及「語言」兩章。
這本書雖是「瑣聞逸事，里巷俳談」，但包括範圍極廣，從宮
闈到市肆，從朝廷的儀制、考因，到民間的俗尚、坊曲。作
者雖然說，這不過是茶餘酒後的遣悶之助，不上正史的。但
是正因如此，反而更能看出清末北京社會的真實現象。

　　　　　　　　　　　（民國五十二年六月二十七日）

難忘的姨娘

樓下的小貓兒

姨娘在樓下，不知道在跟誰說話。她說：

「怎麼這麼沒記性？跟你說別爬上去玩水仙花兒，就是不聽話！看，要喝水跟我說呀！水仙花盆裡的水，也能喝？」

聽她的口氣，好像是在跟一個淘氣的小孩子說話，那是很可能的。因為她有很多淘氣的小孫子。孫子們雖都叫她「二奶奶」，但跑到二奶奶房裡去，爬上了硬木八仙桌，去玩弄桌上擺著的盆水仙，二奶奶趕了下來，並且挨了一頓罵，這種現象卻是不會發生的，因為有哪個孫子能夠這麼放肆呢？她也不會罵任何孫子的，即使是用像這樣親熱的口氣罵。她總是跟大家客客氣氣的。客氣可不是親熱，客氣是一道幕，距離雖近，但卻親熱不得。

姨娘又說話了，溺愛的聲音，話不是從嘴裡說出來的，

簡直是從鼻子裡擠出來的。她說：

「來吧！來吧！瞧瞧，今兒個是豬肝拌飯。（一陣筷子敲著碗邊的聲音）看你吃完了還玩老爺子的水仙，我不要你小命才怪！」

這回我聽出來她是在跟誰說話了，她是在跟小花兒說話——一隻玲瓏的小花貓。那隻貓大概來吃豬肝拌飯了，因為跟著她又數說了好幾大套的話，有善意的教訓，溫柔的責備，關心的垂詢，和一些有情有意的絮語。

我想得出姨娘的那付樣子，穿著一套花絨睡衣，粉紅顏色的，很舊了。早晚在外面加上一件黃色毛巾布的浴衣——人家是洗完澡或運動完了才穿的，她是當禦寒的晨衣。屋裡的德國大洋爐子，還燒著微微的火，房門是敞開的，因為冬天快過完了，這是陰曆的正月底，按規矩，一進二月，就該撤火了。

年年有人送公公幾盆漳州來的水仙。過年的時候正開花，碧綠的葉子用紅紙或金紙條纏上一圈，是怕長葉子散開，也為了添幾分過年的氣氛。現在水仙花已經謝了，紅紙條仍纏在葉子上。盆裡的水換得沒那麼勤了。那隻玲瓏的小花貓兒，伸著牠那敏捷的小紅舌頭，正向水仙花盆裡舔水喝。高興也許用爪子去抓兩下紅紙，或者盆裡鋪的一層雨花臺的石子。

姨娘跟牠有情有意的數叨了一大陣子，才聽見牠吃飽了「喵」了兩聲。

當然，有時候小孩子們也到她房裡去的，所以我分不清她是不是在跟孫子說話。後來我才知道，她大半是跟小花兒說話，而且，她越悶得慌，跟小花兒的話越多。

　　姨娘對待畜生那樣過分人格化的情形，也真教人看著肉麻。她吃飯，小花就臥在她的懷裡，等候著她的飼餵。早晨的牛奶，總要在杯底剩下兩口給牠舔。她和公公一起吃飯，小花兒當然也參加，她還特別安慰小花兒說：

　　「今兒個你可有好的吃嘍！」又轉向公公，「老爺子，吃鯽魚可要給我們把魚刺留下呀！」

　　然後，公公剛吐出來的刺，她就連忙拿過來，放在自己的掌心上，讓小花兒在那上面舔著吃。

　　當然會有人把這些情形，從公公和姨娘住的樓下，帶到婆婆住的北房堂屋裡。婆婆知道了冷笑了一聲說：

　　「嘿！這個老爺子現在跟畜生一桌吃飯啦！」

　　有鯽魚和火腿這類好菜，差不多都是婆婆特別燒了給公公送過去下飯的。我們是大家庭，卻是合住分炊。公公和姨娘是一份，婆婆帶著未婚的兒子們一份，凡是結過婚的兒子們，又各抱房頭。婆婆一生不懂得丈夫究竟官做到多大？錢賺了有多少？她只知道要使丈夫兒女吃飽穿暖。她沒有娛樂，一年就聽（勿寧說看）一回戲，七月七的牛郎織女天河配！一年就打一回牌，三十晚上的對對兒和！其餘全是忙吃的。她不認識字，卻有她自己的生活態度和人生觀，她說：「要飽早上飽，要好祖上好。」所以她從早上起來就忙吃的。

　　婆婆也恨公公，恨他在和她生了九個兒女之後，又娶了一房姨太太！可是她仍然不忍心，煮了美味的家鄉菜，總要把頭一份給公公送過去，明明知道她的情敵也坐在桌上享用。

　　婆婆當然會常常不愉快，不愉快時就要鬧一鬧。公公也沒有辦法，他對婆婆是敬重的，有幾分怕她。當然他也愛她；

他愛婆婆是敬畏的愛，責任的愛；他愛姨娘是憐惜的愛，由衷的愛。

一生就做錯了這麼一件事

公公在沉痛之下，曾對兒子們說：

「我一生就做錯了這麼一件事，對不起你娘。」

他又解釋說：

「我不過是為和朋友賭一口氣。」

但畢竟姨娘還是公公的愛妾吧，她十八歲就跟了公公，還是一個完美無瑕的大姑娘。公公究竟是和哪個朋友賭的氣？那經過是怎麼回事？家裡沒有人知道。當年的公公，是個風流瀟洒的才子，宦海得意，他接姨娘建築「愛巢」，最初是在城南的賈家胡同。在那種時代，有個一房兩妾，不算什麼，但是我們這個古老的讀書人的家庭，就顯得突出些。因為他的姨太太，不是那種丫頭收房，或買來一個貧苦人家的姑娘，而是娶的當時城南遊藝園裡唱老旦有名的坤伶林曼卿。

林曼卿當年在紅氍毹上的風采，如今老一輩在北平常聽戲的，也許會記得。她在舞臺上的生命雖不長，但是聽說她以一個十幾歲的大姑娘扮演老旦，唱作俱佳，實在難得。她亭亭玉立，北方人的高個兒，白淨的皮膚，端正的五官，皓潔整齊的牙齒。按說以這樣一個標緻的女孩子，是應當唱青衣花旦的，為什麼去唱那拄杖哈腰的老旦呢？

原來林曼卿是旗人家的姑娘，雖然不清楚她家是鑲的哪個顏色的旗？但確知是一個良家的女兒。民國以後，旗人子

弟無以為生，被送去學戲的不知有多少，也不算希罕。林曼卿的哥哥學拉胡琴，妹妹學唱，但畢竟是老實人家，不忍心自己的女兒在舞臺上搔首弄姿的演花旦，所以才選擇了不容易大紅大紫，也不容易上大軸戲的老旦來學。但是想像中她在年輕時代，修長清癯的扮像，一聲「叫張義，我的兒……」也該贏得了不少彩聲吧！

我見到她的時候，她已經是一個中年的婦人了。她不燙頭髮，總是平整光亮的挽著一個髻，耳朵上一對真珠耳環，很大方。但在日本人來的那幾年，她不知從哪兒學的，竟穿起洋裝來了。她說是為了舒服，公公卻說她簡直像「高麗棒子」。

在她的五斗櫃上，立著一個八寸的鏡框，裡面的照片，穿著男裝，是姨娘的林曼卿時代。三塊瓦的皮帽，長袍上是一件琵琶襟的坎肩，後面卻拖著一根鬆鬆的長辮子。這是民初坤伶流行的男裝，像制服似的，幾乎每個坤伶都是這樣穿著。姨娘把它擺在櫃子上，想必是她心愛的照片，也許是她對當年短短舞臺生活的一點紀念。可是她自從跟了公公以後，洗盡鉛華，不要說絕口不提她的舞臺生活，就是連哼也沒哼過一句戲詞兒！如果有人要說出「坤伶」兩個字，都會犯忌諱呢！在她的面前，我們說話真是要小心又小心。倒是有一次我下樓來，聽見她在隨口哼哼，但哼的卻是青衣。

在我們那個舊家庭裡，對於身世的重要，遠超過金錢。我想姨娘也為了這，才死心塌地的，在跟了公公以後，就把唱戲的一段過去，整個的埋葬了。她不但要讓別人忘記，也要讓她自己忘記，所以才這樣做吧？

她曾經洗硯研墨，跟著公公學字學詩，也風雅過幾年。我不以為公公所說的「我一生就做錯了這麼一件事」，是一句由衷的話，我想她仍然是公公的一個愛妾，只是公公在老妻和那麼一堆大兒大女面前，不願過分表現對她的情意就是了。然而，從公公的許多詩詞文章中，字裡行間，都有和姨娘的愛情的履痕屐跡在啊！公公在文中多稱姨娘為「曼姬」，他偶然也提到婆婆，他管婆婆叫「健婦」。

攜曼姬遊

在公公的風流文采中，詩詞曲賦，是他的專長。每有遊，必賦詩，這本是舊文人抒情寄意的所在。而公公，每遊必攜曼姬，所以詩詞中多有「攜曼姬遊」的字樣。就這些，還看不出公公對姨娘的情意嗎？

公公北伐前在關外做官的那個時期，該是姨娘最風光得意的年代了。她跟著公公在關外逍遙自在的住了幾年，上頭沒有「大」，底下沒有「小」，她是唯一的一個。姨娘省吃儉用，捨不得花錢，「摳門兒」得出了名，有幾箱子皮貨，都是當年在關外得來的。東北物產豐富，公公也時常給家裡帶來許多貴重的東西，像阿膠、人參什麼的，無非都是在官場上人家送的禮品罷了。婆婆的箱子裡，也有一些皮子，無論是灰背或脊子，狐腿還是狐筒子，全都是陳舊穿了幾代的傳家寶，哪像姨娘的那些皮貨，那麼油亮輕軟哪！

北伐成功，新的時代開始，公公自宦海隱退，享受他的晚年了。以詩曲娛餘年，又有曼姬陪在身邊，該是一樂事。

公公每年回一趟金陵故居，都是曼姬相伴。攜曼姬遊秦淮河遊虎丘，也都有詩文記載。

倒是可憐婆婆，一生守著子女，跟著公公來到了北京，就像一株移植的樹木，扎了根，忙著添枝生葉，再也沒有南遊故居的可能了。

但是這樣美好的歲月並不長。我記得當我結婚後的第二年，姨娘做四十歲。公公用灑金的紅紙，給曼姬寫了一篇祝詞，四六駢儷，寸楷字，寫出了和她念載相攜的恩愛。公公的大字我不太能欣賞，倒是寸楷字最勻實。他寫字從不用好筆，這才是真正書家的本事。那篇祝詞裱好了，掛在樓下姨娘房裡，陽光照射在灑金紙上，閃著紅光，紅光映在姨娘的臉上，綻開了快樂的笑容。這彷彿是我所看到的姨娘最光彩的一天，此後不再有了！因為大家庭的日子漸漸難過，家裡倒下了幾個肺病患者，姨娘也在不太嚴重的情形下倒下了。

北平的肺病名醫盧永春，我們家成了他的常主顧。有切肋骨的，有打空氣針的，各種不同的治療法，施於各個不同情況的肺病上。姨娘據說是肺裡有了洞，用打空氣針的治法。氣打足了，倒胖了。因此家裡就有人說她是假病，倒下來是為的跟老太爺撒嬌。說撒嬌不如說「要挾」更合適吧！可是她又有什麼可要挾的呢？

過繼一個兒子

在我們還沒結婚前，我就聽說公公要給沒有子嗣的姨娘，從婆婆那兒立一個兒子。婆婆有本事，一連生了八個兒子，

姨娘選中了老七。老七的性格很大方,不拘小節,也不計較別人,容易相處。姨娘看中了這一點。兒子說是過繼給姨娘,還不仍是婆婆的!公公為了哄婆婆,說得好:「她手裡有些什麼,立了兒子,將來還不是夏家的。」

婆婆撇著嘴說:「嗤!兒子我有的是,要拿就拿去嘛!」可是心裡實在老大的不願意,沒有理由,是莫名的酸氣在作祟,要鬧一鬧就是了。

為了兒子和新媳婦要在客人面前公開給姨娘叩頭的問題,惹翻了婆婆和姨娘。姨娘說「兒子我不要了!」婆婆說「我收回來就是!」中間難為了公公和新媳婦。因為訂婚時候,新媳婦已經接受了由姨娘出資買的貴重首飾,現在要她再接受婆婆的命令不許叩頭,可教她怎麼辦呢?最後還是新夫婦偷偷到姨娘房裡去叩頭了事,但是已經種下了不愉快的根。

婆婆常把另一件小事告訴人:

「她當年進門來時,跟我商量說:我就管你叫姐姐,你就叫我妹妹啦!可是我沒答應,說這樣太麻煩,我不會姐姐妹妹的叫!」

當然,姐妹相稱可以提高姨娘地位,婆婆怎麼肯呢!也由此可見,無論在外表上看起來,姨娘是怎樣的得寵,但在這以婆婆為主的四十多人的大家庭裡,她實在是孤立的。

姨娘的娘家,父親是早就沒有了,哥哥我們從來沒見過,倒是她的老母親,被稱做「林老太太」的,有禮貌上的來往。

每年三節兩生日,林老太太會來應酬應酬的。她七老八十了,步履安健,是個十足的旗人老太太。公公婆婆的生日,

每年都會有親戚來拜壽吃晚飯，但是林老太太來臨的時間，卻在上午十點。如果是公公的生日，她就說：

「給姑老爺道喜啦！」

如果是婆婆的生日，她就說：

「給壽星道喜啦！」

然後，她獨自在堂屋裡，吃著廚房早就給準備好的一碗壽麵。午前就完成應酬，提先回去了！

這就是一個因身分不同而安排的不同待遇。因為如果林老太太下午來了，到晚飯時候，在許多親戚中間，是沒有辦法安排她的席位的。

姨娘和所謂她自己的兒媳婦，也並沒有相處得好，因此她對本來應當像她自己孫子一樣的老七的孩子，反倒更客氣，更沒感情。

後來的幾年，她顯得那麼消極，在樓下躺著養病的日子，就聽見她和小花貓兒說話。她躺夠了，就起來收拾收拾，回到她的老母親那裡去住住。生活沒有那麼整潔了，因為長年躺在床上，浴衣和睡衣，都濺滿了飲食的油漬。

更不要說和公公同出共遊了，就是連中山公園的春明館，她都不跟公公去。公公在夏季，每天習慣到春明館去坐坐，下一盤沒有結局的圍棋，冬菜麵來了，就把黑白棋子一和亂，吃了麵，帶著剛升上來的星光，他獨自回到家裡，心情寂寞可知。他愛姨娘，又怕婆婆，可有什麼辦法呢！

公公比姨娘大了將近三十歲。她一生跟著公公，想叫婆婆做姐姐，想立婆婆的兒子做兒子，何嘗不是想生為夏家人，死為夏家鬼呢？然而她從十八歲姓了夏以後，幾十年了，似

乎也沒得到什麼。我想，最真實的，還是得到公公對她全心的愛吧？

　　我們離開北平的時候，公公、婆婆和姨娘，都還健在。後來知道了婆婆去世的消息。不知道公公是否還健在？他今年也近九十了。更不敢想像現在六十出頭的姨娘，是在怎樣的生活著？人生再沒有比孤立和寂寞更難堪的了。如果公公說他一生就做錯了一件事，這一件事，應當是怎麼個說法呢？

（民國五十二年八月一日）

思冰令人老

　　民國四十五年的冬天在臺北，第一次去看白雪溜冰團的表演，興奮極了，因為自從三十八年底離開北平以後，已經八年沒有看見大片的冰場了！

　　那晚的天氣很冷，可以說配合得正好。在三軍球場搭成的冰場裡，我穿著厚大衣，擠在人群中，一陣陣的冷風從場外吹進來，也還是寒縮縮的。散場後冒著雨回來，在暗黃的街燈下，我看見身邊人的臉上，浮著滿意的笑容，顯得年輕多了。他的鏡片上蒙著一層雨絲。我縮著頭，把手插進他的臂彎裡，不知怎麼，忽然使我非常懷念北方的日子，北方冰上的日子。

　　後來，在我國決定參加冬季世運會時，便借信義路小美製冰廠開闢了一個臨時小冰場，供選手們練習用，我們有機會在冰上溜了幾次。那時心情也是興奮的，不知道十年這個長時間，是否還能在冰上站著？但上去了還不錯，他固然寶刀未老，我的磕膝蓋也倒還沒有彎下來。

　　我是一個勤勞的人，但是卻不勤於運動。歲數一年年大了，身體也越發的蠢胖起來。他勸我跟著他打打乒乓球也是好的，我卻找出許多理由來拒絕。我說，如果臺灣有一個人造冰場，我一定參加運動健身減胖的行列，可惜日子一年年的過去，臺灣的許多運動都不斷的發展和進步，只缺一個人造冰場。每年到了冬季，就更使我想念北方了。甚至連看見一張耶誕卡，看見「雪」這個字，都會立刻在我腦海浮起一片白皚皚的景色來。

　　我很記得，落雪的夜晚，我們踏雪歸來的情景。肩上扛著冰鞋，腳下的毛窩踏著厚厚、鬆鬆、輕輕的積雪，發出噗吱噗吱的聲音。臉上迎著飄來的雪花，並不寒冷，卻很舒服。有時雪花飄到嘴唇上了，便趕忙伸出舌頭來把它舐進嘴裡。或者一張嘴說話，雪花就鑽進嘴裡了！快到家的胡同裡，不太亮，因為街燈不多，偶然在昏暗的電線桿下面，可以遇見賣蘿蔔的，他提著燈，背著木筐子，在雪的靜的胡同裡喊著：

　　「蘿蔔啊！賽梨啊！」

　　我們停下來，買一個回去。聽見切蘿蔔的清脆聲，就知道我們趕上的是一個綠皮紅瓤，脆甜賽梨的「心兒裡美」了！（這種蘿蔔的可愛的名字！）

　　回到我們的小樓上，推開屋門，迎接我們的是一爐熊熊的火，和上面的一壺嗡嗡滾開的水。他一進門，眼鏡被熱氣一蒸，像是下了霧，趕快摘下來！他很愛護他那 CCM 牌的冰刀，回到了家，總要自己拿乾布再仔細的擦一遍，不留一點濕漬在上面。擦完後還要舉起來，用手指試試刀鋒，看看溜圓了沒有？是不是該磨了？然後，我們吃著蘿蔔，喝著熱

茶，談著冰場上的人物，故事。

　　有些朋友成年價不見面，但是進了陽曆十二月以後，在冰上倒常常會到。如果到時候，還沒有出現，大家不免互相詢問：「綠姑娘呢？架鷹的呢？小高麗呢？……」如果這一年冷得早，西北風多颳幾場，冰迷們就要提早到北海去探問冰的消息，因為人工的冰場，總要到近耶誕節時才開幕，北海漪瀾堂背陰的地方，有時在十二月上旬就可以溜了。

　　　　　　　　　　　　　　　　　（民國五十三年二月）

模特兒「二姑娘」訪問記

　　一本雜誌的封底，是一張裸體的藝術攝影，標題是「中國第一位女模特兒林絲緞小姐」。林絲緞的胴體豐滿，肌肉有彈性的美。我以往也聽說過她的大名，那是因為她不掩飾自己模特兒的身份，並且在畫展會場中，勇於面對來觀賞以她為模特兒的繪畫的觀眾們。

　　裸體的攝影和繪畫，以女人的富於曲線的胴體，表現了生命的柔和的美，成熟的美，原是藝術境界中，極高尚的欣賞。但是美好胴體的職業模特兒，卻極少有肯像林絲緞這樣暴露身份的。說林絲緞是少有的不掩飾身份的模特兒，可以；說她是中國第一個模特兒，未免言之過份吧？

　　看林絲緞的照片，猛然使我想起了「二姑娘」——二十多年前，在北平那個保守的古城裡的一個模特兒。

　　我那時是一個小小女記者，專跑一些婦女、教育的新聞。所採訪的對象，因為時常接觸而變成熟朋友的也很多，像二姑娘所「服務」的女子西洋畫學校的校長，就是採訪的關係，

我跟他們一家人都很熟了。

　　熊校長是一位和藹可親的長者，她是貴州人，早歲留學日本，專攻藝術。在那遙遠偏僻的中國大陸西南角上，她總算是開女界風氣之先了。她所主持的這所私立女子西洋畫學校，規模並不大，所收的女學生也都是一般閨秀小姐。除了畫以外，似乎並不像一般藝術學校，還教其他的課程。學校設在東城無量大人胡同裡，校長住家也在裡面。校舍佈置小巧精緻，家庭的味道濃於學校。

　　某年的春天，我寫了一篇熊校長的訪問記，連載於我服務的報紙，因此就跟會交際的熊校長熟起來了。她請我吃飯，參觀學校的展覽會，並且認識了她的大小姐。在她的幾位子女裡，大小姐也是學藝術的，她的油畫多是大幅的人體美畫。因此，有一天，我忽發奇想，要熊校長給我介紹該校的女模特兒，我要參觀學生畫她，並要寫一篇訪問記。

　　熊校長一向笑瞇瞇的面容，忽然有了難色，她說：

　　「如果來參觀學生上課畫模特兒，是沒問題的，如果要訪問那個模特兒，恐怕——」

　　「您是說恐怕她不肯答應，是不是？」

　　「正是這樣。她是一個很守舊的女子。」熊校長說。

　　「守舊的女子？」把一個守舊的女子，和做裸體模特兒這件事連在一起，倒是不可思議的事了，我不禁驚奇又懷疑的問：「那她怎麼還做模特兒呢？」

　　「她只是在這裡才肯做的，因為本校全部是女學生。」

　　但是我還是不甘心，既然是守舊的女子，就更有採訪的價值了，我還要努力達到這個目的。我要求熊校長，無論如

何替我安排一下，我答應說，我會寫得很好，也決不會發表她的姓名，更不會讓任何讀者或者她認識的親友知道她是誰。因為熊校長又告訴我，她做這種職業是秘密的。

熊校長答應為我問問看。我等了三天，好消息來了，熊校長已為我安排好，她說請我第二天去，正好是她來校做模特兒的日子。

我到時興高采烈的去了。熊校長又囑咐我一番，說她是那樣的害怕，不知道報館是個什麼玩意兒，又不知道女記者了不起到什麼程度，竟能支使校長跟她說情被訪問，她原是不肯「上報」的，直到說明了只是談談，連姓名地址都不寫，光問問做模特兒的滋味兒——新聞的訪問術語即「談談感想」就是了。

我當然認真的答應了，那也是新聞記者應守的新聞道德呀！

我先在客廳裡坐著，等候被安排，這時已經是上課時間了。過一會兒，熊校長來了，笑瞇瞇的說：

「好了，我們可以去了。」

我們到了最後一間課室，門是倒扣了的，熊校長敲了敲，一個女學生打開了門，見是我們，就趕快讓進來了。熊校長說，學校的男性，只有管大門的一個工友，他當然不會來，但是為了防備萬一有閒雜的人闖來，所以總還是關緊了門。

我進教室一看，屋子中央，女模特兒已經裸體擺好姿勢坐在那兒了；長頭髮披散下來，眼瞼低垂，看著地板。是一種在畫上常見到的姿勢。她是一個普通像貌的女性，但身體長得很勻稱，肌膚白潔，略豐滿，這就是很難得的了吧？我

想。

　　當你初見一個人，竟是在她裸體靜坐的時候，你怎可能以外表衡量她的一切呢？所以我不知道熊校長所說的「守舊」，是到了什麼程度？外表的打扮原也可以看出來的，可惜她現在沒有「外表」，卻只有「表裡」啦！

　　女學生們在模特兒的周圍各支起了畫架，在認真的畫著。她們誰都不理會女記者的來臨。

　　我們貼著牆邊輕輕走到後面來，原來這裡還坐著一位老太太，有五十多歲了，穿著寬大的旗袍，裡面是長褲，還紮著「褲腿兒」，頭上梳著較高的髻，天足，禮服呢面的皮底鞋，手裡握著一個小手巾包兒。一看，就想著她是旗人。

　　熊校長給我們介紹說：

　　「這是二姑娘的母親。這就是林小姐。報館的……。」後一句說得很輕微，我想是為減少她對女記者的戒心。

　　二姑娘的母親很客氣，趕快站起來了，說：

　　「林小姐，您好，您多照應。」

　　然後又請我坐下，她可站著，百般謙讓，真受不了。好不容易熊校長才請她也坐下了。我們這角落這樣騷動，教室的女學生都聽而無視，真是好學生。

　　我開始訪問。對象先是母親，這樣也好。我問：

　　「老太太，您每次都陪二姑娘一起來嗎？」

　　「可不是，姑娘一個人兒不敢來喲！」

　　「一個禮拜來幾趟哪？」

　　「來個三趟兩趟的，不一定，要聽校長的信兒。」

　　「報酬是怎麼個算法呢？論鐘點還是論月？」

　　二姑娘的媽對這點並沒有確切的答覆，但是她非常技巧的說：

　　「林小姐，您瞧，校長還能虧待我們姑娘嗎？」

　　也只有北平的旗人，才這麼會說話。

　　「您家裡都有什麼人？」我再繼續問。

　　「就是二姑娘，她爹，跟我，三口兒。」

　　「您的先生也做事嗎？在哪兒恭喜？」

　　「唉！小差事兒，混口飯吃。」並沒說出來，當然，這又表示她不願意發表了。

　　這樣隨便談談，大概已經不少時間了，因為我聽熊校長向著學生那邊說：

　　「二姑娘，歇下來吧！」

　　於是，二姑娘的母親給她送過去一件毛巾浴衣，她便披上走向屏風後面穿換衣服去了。

　　我看學生們的畫，都還沒有完成，她們說是下午還要繼續的畫。又說，二姑娘並不在這裡吃飯，等到下午再和母親一道來。

　　熊校長同時也代為答覆剛才我問了沒結果的問題。原來二姑娘的父親是在另一所美術學校當工友，他們確實是沒落的旗人，是沒有什麼工作能力的。報酬是按鐘點算，二姑娘每月所得，多少可以補貼家用了。

　　這時二姑娘自屏風那邊走出來了。啊！她確是北平旗人姑娘的守舊的打扮；披散的頭髮，已經又編結成一條鬆鬆的大辮子了。她穿著月白色的竹布裇，肉色麻紗襪子，平底皮鞋。她沒有什麼姿色，但樸實就是一種美麗。而你也不會想

到，那件不頂合體的竹布褂裡面，藏著一個美麗的胴體。

　　她的母親帶著她走過來了，重新給我介紹了她。我說：

　　「二姑娘，你好。真高興認識你。」這種初見面的問候話，似乎洋裡洋氣的。可是我該怎麼說呢？我能說「真欣賞你美麗的胴體」嗎？那怎麼可以。

　　二姑娘只是微笑的點點頭。這時有幾個學生過來了，她們和她很熟了，都叫她「二姑娘」，可見這已經成了大眾的稱呼。不知道二姑娘姓什麼，我就藉機問：

　　「我還沒請教二姑娘貴姓呢？」

　　沒等二姑娘張嘴，她的母親就代為回答了：

　　「我們姓李。」

　　「二姑娘，你在這裡做模特兒有多久了？」

　　二姑娘還在思索，她的母親又代為回答了：

　　「不到一年。」

　　「現在很習慣了吧？」

　　「唉！多虧校長跟大小姐疼她，沒得說的。」這回仍是二姑娘的母親代說的，但是似乎所答非所問。可見對於所不願回答的問題，她都能夠設法解脫，真是旗人應對的特色。

　　「有沒有別的做模特兒的朋友？」

　　二姑娘直截了當的搖搖頭，她的母親卻說：

　　「我們是過日子人兒，外頭可也少走動。」

　　「平常在家做什麼呢？也看看書報什麼的嗎？」

　　「姑娘在家還不是做做針線活兒，幫著我煮三餐兩飯，倒也識字看看報。」母親說。

　　「等稿子登出來，我給您送幾份報去，您府上住哪兒？」

「不敢當。有空兒您請過來坐坐。小地方在鼓樓前大街
──」我以為她決不肯告訴我她們的住處，誰知她詳細的告
訴了我胡同名稱和門牌。那麼，那確是誠懇的邀請嘍！

時間已經不早了，我謝謝她們，並且抱歉的說，佔了她
們許多時間。母親卻說：

「哪兒的話，勞您駕啦，您多照應我們二姑娘了！」

訪問二姑娘，二姑娘並無一言。但她不是啞巴，因為當
她們走出教室時，正遇到老工友走過來。二姑娘首先說：

「張大爺，您好！」

張大爺說：

「嫂子，二姑娘，要回去了？娘兒倆慢走啊！」

目送二姑娘隨在她母親的後面，邁著穩重的步子，走向
校門。校園裡有三三兩兩的女學生，也正向外走去，和她們
相比，二姑娘的服裝和型態，確是一個守舊的女子呢！

然後我又向熊校長訪問了一些問題，就完成了一篇〈二
姑娘訪問記〉。我相信我盡了新聞道德，這是一篇令讀者和被
訪者滿意的特寫。

我的好奇心還沒有終了。刊出後的第三天，我還是拿了
幾份報，藉詞送報，到鼓樓大街的二姑娘家去觀察一番。這
次倒沒有什麼目的，我並不擬再寫續稿。

我找到了地址門牌。街門虛掩著，一推就開，是一所四
合房的大雜院。東西南北房的房簷下，幾乎都放著小煤球爐
子。一眼我就看見北屋正房門口，站在爐子旁邊的是二姑娘
的母親。我向那方向走去，到了跟前，輕輕的說：

「李太太！」

　　猛的回過頭來，見是我，她「喲」了一聲，感到意外了。可是隨即客氣的說：

　　「屋裡坐吧，您瞧我這樣兒，可別笑話呀！」

　　我憑什麼笑話她呢？小煤球爐上，放著炙爐，她正在烙餅。我說：

　　「不了，耽擱您做飯——我就是來送兩張報的。」

　　「哪兒的話！屋裡坐坐，喝碗茶，就在我們這兒吃飯。」

　　我被讓進了屋子。屋裡擺著幾樣古老的傢俱，卻打掃得乾乾淨淨。

　　這時二姑娘出來了，我卻聽見她的母親喊她：

　　「淑芳，給林小姐端上茶。」

　　我的敏感忽然使我想到，我不應當再叫「二姑娘」，或許「二姑娘」只是為到學校做模特兒起的，如果我這樣叫了，被鄰居聽見，再證實前天我在報上的〈二姑娘訪問記〉，豈不是對於她們非常不妥嗎?也幸好我把報紙封在一個大信封裡，就交給二姑娘，不，——淑芳了。我說：

　　「閒著沒事兒拿它解悶兒吧！」

　　我並沒有留在二姑娘家吃午飯，略談一談就回來了。

　　以後，我再也沒有看見二姑娘，甚至更不知道她的消息。記者生涯，使我每天都認識新的人和人生。像坐在行走中的火車窗口望風景，都從眼前過去了。雖說是過眼雲煙，但是那一時的影像，卻也能夠深印在腦子裡，只要碰上有什麼聯想，也會掀開那存在的一頁呢！

　　　　　　　　　　　　　　　　　（民國五十三年四月）

英子的鄉戀

第一信　給祖父　　　英子十四歲

親愛的祖父：

　　當你接到爸爸病故的電報，一定很難受的。您有四個兒子，卻死去了三個，而爸爸又是死在萬里迢迢的異鄉。我提起筆來，眼淚已經滴滿了信紙。媽媽現在又躺在床上哭，小弟弟和小妹妹們站在床邊莫名其妙是怎麼回事。

　　以後您再也看不見爸爸的信了，寫信的責任全要交給我了。爸爸在病中的時候就常常對我說，他如果死了的話，我應當幫助軟弱的媽媽照管一切。我從來沒有想到爸爸會死，也從來沒有想到我有這樣大的責任。親愛的祖父，爸爸死後，只剩下媽媽帶著我們七個姐弟們。北平這地方您是知道的，我們雖有不少好朋友，卻沒親戚，實在孤單得很，祖父您還要時常來信指導我們一切。

　　媽媽命我稟告祖父，爸爸已經在死後第二天火葬了，第三天我們去拾骨灰，放在一個方形木匣內，現在放在家裡祭供，一直到把他帶回故鄉去安葬。因為爸爸說，一定要使他回到故鄉。

第二信　給祖父　　英子十四歲

親愛的祖父：

　　您的來信收到了，看見您顫抖的筆跡，我回想起當五年以前，您和祖母來北平的情況，那時候厓叔還沒有被日本人害死，我們這一大家人是多麼快樂！您的鬍鬚，您的咳嗽的聲音，您每天長時間坐在桌前的書寫，都好像是昨天的事。如今呢？只剩下可憐孤單的我們！

　　您來信說要我們做「歸鄉之計」，我和媽媽商量又商量，媽媽是沒有一定主張的，最後我們還是決定了暫時不回去。親愛的祖父，您一定很著急又生氣吧？稟告您，我們的意見，看您覺得怎麼樣。

　　我現在已經讀到中學二年級了，弟弟和妹妹也都在小學各班讀書，如果回家鄉去，我們讀書就成了問題。我們不願意失學，但是我們也不能半路插進讀日本書的學校。而且，自從厓叔在大連被日本人害死在監獄以後，我永遠不能忘記，痛恨著害死親愛的叔叔的那個國家。還有爸爸的病，也是自從到大連收拾厓叔的遺體回來以後，才厲害起來的。爸爸曾經給您寫過一封很長很長的信，報告叔叔的事，我記得他寫了很多個夜晚，還大口吐著血的。而且爸爸也曾經對我說過，

當祖父年輕的時候，日本人剛來到臺灣，祖父也曾經和日本人反抗過呢！所以，我是不願意回去讀那種學校的，更不願意弟弟妹妹從無知的幼年，就受那種教育的。媽媽沒有意見，她說如果我們不願意回家鄉，她就和我們在這裡呆下去，只是要得到祖父的同意。親愛的祖父，您一定會原諒我們的，我們會很勇敢的生活下去。就是希望祖父常常來信，那麼我們就如同祖父常在我們的身邊一樣的安心了。

　　媽媽非常思念故鄉，她常常說，我們的外婆一定很盼望她回去，但是她還是依著我們的意思留下來了，媽媽是這樣的善良！

第三信　給堂兄阿烈　英子十六歲

阿烈哥哥：

　　自從哥哥回故鄉以後，我們這裡寂寞了許多。我和弟弟妹妹打開了地圖，數著哥哥的旅程，現在該是上了基隆的岸吧？我們日日聽著綠衣郵差的叩門聲，希望帶來哥哥的信，說些故鄉的風光！您走的時候，這裡樹葉已經落光了，送您到車站，冷得發抖，天氣冷，心情也冷。您自己走了，又帶走了爸爸的骨箱。去年死去了四妹，又死去了小弟，在爸爸死去的兩年後，我們失去了這樣多的親人。算起來，現在剩下我們姐弟五個和可憐的媽媽。送哥哥走了以後，回到家裡來，媽媽說天氣太冷了，可以燒起洋爐子來，雖然屋子立刻變暖，可是少了哥哥您，就冷落了許多。您每天晚上為我們講的《基度山恩仇記》還沒有講完呢！許多個晚上，我們就

是打開地圖，看看那一塊小小地方的故鄉。

　　媽媽一邊向爐中添煤，一邊告訴我們說：故鄉還是穿單衣的時候。是麼哥哥？那麼您的棉袍到了基隆豈不是要脫掉了嗎？媽媽又說，故鄉的樹葉是從來不會變黃、變枯，而落得光光的；水也不會結冰，長年的流著。椰子樹像一把大雞毛撣子；玉蘭樹像這裡的洋槐一樣的普遍；一品紅也不像這裡可憐地栽在小花盆裡，在過年的時候才露一露；還有女人們光著腳穿著拖板，可以到處去做客，還有，還有，……等等，故鄉的一切真是這樣的有趣嗎？您怎麼不快寫信來講給我們聽呢？

　　媽媽說，要哥哥設法寄這幾樣東西：新竹白粉、茶葉、李鹹和龍眼乾。後面幾項是我們幾個人要的，把李鹹再用糖醃漬起來的那種酸、甜、鹹的味道，我們說著就要流口水啦！媽媽說，故鄉還有許多好吃的東西，在這裡是吃不到的，最後媽媽說：「我們還是回臺灣怎麼樣？」我們停止了說笑聲，不言語了，回臺灣，這對於我們豈不是夢嗎？

第四信　給堂兄阿烈　英子十七歲

阿烈哥哥：

　　您的來信給我們帶來了最不幸的消息──親愛的祖父的死。失去祖父和失去父親一樣的使我們痛苦，在這世界上，我們好像更孤零無所依靠了。北方的春天雖然頂可愛，但是因為失去了祖父，春天變得無味了！有一本祖父用朱筆圈過的《隨園詩話》，還躺在書桌的抽屜裡，我接到哥哥的信，不

由得把書拿出來看看，祖父的音貌宛在，就是早祖父而去的
父親、小弟、四妹，也一起湧上了心頭。我常常想，這些事
情都不是真的——失去了許多親人。我在小小年紀便負起沒
有想到過的責任；生活在沒有親族和無所依賴的異鄉，但擺
在面前的這一切，卻都是真的呢！我每一想到不知要付出多
少勇氣，才能應付這無根的浮萍似的漂泊異鄉的日子時，就
會不寒而慄。我有時也想，還是回到那遙遠的可愛的家鄉去，
賴在哥哥們的身旁吧，但是再一念及我和弟妹們受教育問題，
便打銷了回故鄉的念頭，我們現在是失去了故鄉，但是回到
故鄉，我們便失去了祖國。想來想去，還是寧可失去故鄉，
讓可愛的故鄉埋在我的心底，卻不要做一個無國籍的孩子。

　　昨天我在音樂課上學了一首「念故鄉」的歌，別人唱這
個歌時無動於衷，我卻流著心淚。回到家裡，我唱了又唱，
唱了又唱。弟弟還說：「姐姐幹嗎唱得那麼慘？」可愛無知的
弟弟喲！你再長大些，就知道我們失去故鄉的痛苦的滋味，
是和別人不同的。

　　您問我們這個新年是如何度過的，還不是和往年一樣，
把幾個無家可歸的遊魂邀到家裡來共度佳節，今年有張君和
李君，他們三杯酒下肚，又和媽媽談起家鄉風光來了。這一
頓飯直吃得杯盤狼籍，李君醉醺醺的說：「回去吧，英子！回
去吃拔仔，回去吃豬公肉！」哥哥，他們的醉話和我的夢話
差不多吧！我曾聽張君說過的，他們如果回去的話，前腳上
了基隆的岸，後腳就會被警察帶去嚐鐵窗風味呢！但是我知
道，他們思念家鄉比我還要痛苦的！我雖然這樣熱愛故鄉，
但是回憶起來，卻是一片空白。故鄉是怎樣的面貌啊！我在

小小的五歲時就離開她，我對她是這樣的熟悉，又這樣的陌生啊！

　　上次給哥哥寄去的照片，您說有一位同村的阿婆竟也認出說：「這是英子！」我太開心了，我太開心了，我居然還沒有被故鄉忘掉嗎？讓我為那位可愛的阿婆祝福，希望在她的有生之年，我們有見面的一天吧！

第五信　給堂兄阿烈　英子二十八歲

阿烈哥哥：

　　給您寫這封信是懷著怎樣的心情，真是形容不出來！哥哥，您還認得出妹妹的筆跡嗎？自從故鄉大地震的那一次，您寫信告訴我們說，家人已無家可歸的暫住在搭的帳篷裡，算來已經十年不通信了。這十年中，您會以為我忘記故鄉了嗎？實在是失鄉的痛苦與日俱增，歲歲月月都像是在期待什麼，又像是無依無靠無奈何。但是真正可期待的日子終於到臨。八月十五日的中午，所有的日本人都跪下來，聽他們的「天皇」廣播出來的降書。我在工作了四年的藏書樓上，臉貼著玻璃窗向外看，心中卻起伏著不知怎樣形容的心情，只覺得萬波傾盪，把我的思潮帶到遠遠的天邊，又回到近近的眼前！喜怒哀樂，融成一片！哥哥，您雖和我們隔著千山萬水，這種滋味卻該是同樣的吧？這是包著空間和時間的夢覺！

　　讓我來告訴哥哥一個最好的消息，就是我們預備還鄉了。從一無所知的童年時代，到兒女環膝的做了母親，這些失鄉的歲月，是怎樣挨過來的？雷馬克說：「沒有根而生存，是需

要勇氣的！」我們受了多少委屈，都單單是為了熱愛故鄉，熱愛祖國，這一切都不要說了吧，這一切都譬如是昨天死去的吧，讓我們從今抬起頭來，生活在一個有家、有國、有根、有底的日子裡！

哥哥您知道嗎？最小的妹妹已經亭亭玉立了，我們五個之中，三個已為人妻母，兩個浴在愛河裡。媽媽仍不見老，人家說年齡在媽媽身上是不留痕跡的！而我們也聽說哥哥有了四千金，大家見面都要裝得老練些啊！

妹妹和弟弟有無限的惆悵，當他們決定回到陌生的故鄉，卻又怕不知道故鄉如何接待這一群流浪者，夠溫暖嗎？足以浸沁孤兒般的乾涸嗎？

哥哥，千言萬語，不知從何說起，您就準備著歡迎我們吧！對了，您還要告訴認識英子的那位阿婆（相信她還健在）英子還鄉的消息吧，我要她領著我去到我童年玩耍的每一個地方，我要溫習兒時的夢。好在這一切都不忙的，我會在故鄉長久、長久、長久的呆下去，有的是時間去補償我二十多年間的鄉戀。哥哥，為我吻一下故鄉的濕土吧！再會，再會，再會的日子是這樣的近了！

後記

〈英子的鄉戀〉是我在民國四十年三月寫的，到如今剛好十三個年頭兒了！日子有飛逝的感覺。這幾封信雖不一定每封都是真的寫過的，但卻是我當時真實的心情和真實的生活情景。寫時傾瀉了我的全部的情感，因此自己特別珍愛這

篇小文。也許別人讀了無動於衷，那倒也沒有什麼關係。

　　先祖父林臺（號雲閣）先生在世時，是頭份地方上受人尊敬的長者，做過頭份的區長。他在世時，每年回一次祖籍廣東蕉嶺。我們過海臺灣已經有五六代了。先父林煥文先生是先祖父的長子，他畢業於日據時代的國語學校師範部，精通中日文。畢業後曾執教於新埔公學校，因此臺灣文藝社的社長吳濁流先生做過先父的學生。現在吳先生六十多歲了，還在熱心的提倡文藝，先父卻在四十四歲的英年因肺疾逝世於故都北平。吳先生講起受教於先父的日子時，熱淚盈眶。他說那時他才不過十一歲，如今記憶猶新。他說先父風流瀟灑，寫得一筆好字，當先父寫字的時候，吳先生常在一旁拉紙，因此先父就也寫了一幅〈滕王閣序〉送給他。五十年了，當然這幅字沒有了，記憶卻永留，這不就夠了嘛！

　　先父後來到板橋的林本源那裡做事，我母親是板橋人，所以他娶了母親。他後來到日本大阪去，在那裡生下了我。我的母親告訴我，我們從日本回臺灣時，我三歲，滿嘴日本話。在家鄉頭份，我很快學會說客家話，不久，先父到北京去，我跟著母親回她的娘家板橋，我又學說閩南話。然後，五歲到北京（我所以說北京，因為那時是民國十二、三年，還叫北京）。據母親告訴我，我當時的語言紊亂極了，用日本話、客家話、閩南話、北平話表達意見。最後，很快的，就剩了一種純正的語言——北平話。我現在只能聽懂和說極少的客家話，雖能說全部的閩南話，但是外省朋友聽了說「你的臺灣話我聽得懂！」本省朋友聽了說：「你是哪裡人，高雄嗎？」這是因為高雄地區的閩南話比較硬的原故吧！而且閩

南語系有七聲，北平話只有四聲，用四聲去說七聲的話，所以有荒腔走板的毛病。

　　文中阿烈哥哥是我的堂兄林汀烈先生。當年先父要他到北平去讀書，他卻一心一意的愛上了戲劇學校，他想去考，先父不答應。戲劇學校雖然沒進成，卻自己學會了一手好胡琴。我曾跟他開玩笑說：「你如果當年真進了戲劇學校，跟宋德珠、關德咸他們是同輩，說不定你林汀烈真成了名鬚生呢！」阿烈哥哥是個老實人，他在光復初任職於中廣公司，後來回家鄉，現任職於頭份鎮公所。

　　我的第二故鄉是北平，我在那裡幾乎住了一個世紀的四分之一。因此除了語言以外，我也有十足的北平味兒，有些地方甚至「比北平人還北平」。

　　文中提到的厄叔，是我最小的叔叔林炳文先生。他當年和朝鮮的抗日份子同在大連被日本人捉到，被毒死在監獄裡。先父去收屍回來，才吐血發肺疾的。厄叔最疼愛我，我在北平考小學是他帶我去的，第一次臨「柳公權玄祕塔」的字帖，是他給我買的。我現在每次回頭份時，厄嬸見了我，觸動她的傷心事，總要哭一哭。

　　我現在很懷念第二故鄉北平，我不敢想什麼時候才再見到那熟悉的城牆，琉璃瓦，泥濘的小胡同，刺人的西北風，綿綿的白雪，⋯⋯既然不敢想，就停下筆不要想了吧！

　　　　　　　　　　　　　　　　（民國五十三年四月）

新竹白粉

　　無論是南下或北上的火車，到了新竹站的時候，火車上的小販除了賣新竹特產的椪柑以外，還有賣「新竹白粉」的，但是生意卻很清淡。第一次我從頭份老家回到臺北來，在火車上一下子買了八盒雙桃為記的新竹白粉，不但同車的乘客驚異的注視我，就是連賣粉的孩子，也有點兒莫名其妙。當時我究竟為什麼要買這樣多的粉呢？送人呢還是自用？全不是，我只是覺得對它有一種親切感，它是我家鄉的產物，許多年我沒有見到它了。可憐它現在竟淪落到沒有人理睬的地步，它也曾有過全盛時代呀！

　　母親最喜歡用新竹粉，但這也是早年的事了。在北方住的時候，碰上家鄉寄來許多盒新竹粉，妹妹也從福建寄來許多福建粉，於是母親的化妝箱裡就堆了幾十盒各樣味道的粉。有一種粉像肉桂的味兒，有一種粉紅色的粉，沒有什麼用處，我常常拿來給小妹搽了開心。後來這種粉在我家絕跡了，原因是和家鄉已許久音信不通。所以，當我在火車上聽見賣新

竹粉時，不由得引起我幼年的許多回憶，就連母親搽粉的方法我都想起來了，她不用粉撲，只用手在粉塊上抹抹，然後搽在臉上。

新竹白粉在全盛時代，曾經開拓過海外市場。但是自從舶來品充斥市場後，新竹粉漸漸的走向下坡路。在臺北，我曾試著到各化妝品商店和賣化妝品的攤子去問，新竹粉竟不可得。新竹粉的創始，是遠在七十年前的一個叫「金德美」的鋪子，那時製粉都是以牛來做動力，牛做工時要遮住眼睛，所以那時笑話年輕人帶眼鏡就說：「金德美的水牛」，可以想見金德美是多麼出名。

現在製新竹粉在新竹市還有一個部落，就是在新竹車站向南走去觀音亭的附近，這是新竹粉的發祥地，但是因為不改進，也就在這兒萎縮下去了。

（民國三十九年一月二十一日）

愛玉冰

長夏的臺灣，冷食店和冷食攤，很早就開始活躍了。冰磚冰糕固然是冷飲中的「前進者」，可是具有臺灣鄉土風味的冷飲物卻也不少。臺灣的勞動階級，仍然是對本鄉本土的冷飲感覺興趣，因為他們認為只有這類的冷飲，才真正使人喝下去以後，感到內心的清涼。而且價格便宜也是主要原因之一。

在許多鄉土冷飲中，最叫座兒的應當是「愛玉冰」，它是一種凍子，加入甜汁喝，每碗只要一毛錢。愛玉冰是熱天的「馬路天使」，但卻難登大雅之堂。

愛玉冰的原料是一種植物叫做愛玉子的，不過它還有許多別名，如「玉枳」，「草枳子」，臺北大半叫它做「澳澆」，但是「愛玉冰」三個字好像更能引起人們的美感。它是在山裡不用種植的野生蔓，從大樹根或岩石角繞著長上去，結著好像無花果樣的果實，就是愛玉子。把果實的外皮削開，附在皮裡有一種粉樣的微粒，就把這種東西用布包，在水裡揉

它，從布裡擠出來是油滑的粘液，過半小時就會結成半透明的黃色凍子了。

每年八月到十一月是它的成熟季，採愛玉子也是鄉人的職業，這種工作並不是很簡單，而是艱苦危險的，因為愛玉子是附生在一千公尺以上的山中，纏在木或者岩角上，割取它當然不是容易的。

關於愛玉子還有一段民間史話：

一個從山中過路的人，因為口渴想在路旁的小溪裡取一點溪水喝，但奇怪的是溪水不知為什麼會結成凍子了，他後來發現，是溪旁樹上生的一種植物的果實，裂開後落在水裡所致。於是他發明了這種冷飲品，就做起生意來。他有一個美麗的女兒叫做愛玉子，幫他做生意，大家總喜歡說：「到愛玉子那兒吃去。」於是無以為名，就名之為愛玉子了。

（民國三十九年五月二十七日）

滾水的天然瓦斯

　　前幾天報上登著說，竹南的居民將要利用天然瓦斯來代替煤炭作燃料，每月整個竹南可以省下大量的煤炭。這在整日為選擇燃料而傷腦筋的主婦看來，確是最可羨慕的一件事。

　　有著近代設備的國家，不要說城市，連農村都是用瓦斯。在中國，上海和臺北都有這種設備。不過臺北的廠房因為二次大戰被毀，到現在沒有修復。在離萬華淡水河邊不遠的住戶，還可以享受到瓦斯的便利。但是臺北的瓦斯不是天然的，竹南的天然瓦斯卻是臺灣的一個「特產」。

　　從竹南再坐上二十幾分鐘的汽車，可以到達叫做錦水的地方，這兒便是天然瓦斯的來源地，俗名叫做滾水。錦水是石油礦區，同時生產天然瓦斯。從一九一四年開始掘發油井，第一號油井掘到五百十七公尺深的地方，因為不能防止大量瓦斯的噴出而放棄，第二、三號井的開鑿，或者因為瓦斯的猛噴，或者中間發生障礙，都沒有達到良好的目的。這樣經過十個年頭，才在一九二四年開了一個深到八百二十公尺的

油井，雖然有大量瓦斯噴出，不過這裡的瓦斯在一千立方英尺中含有一升左右的揮發油。從這以後，石油井的採掘才慢慢進步。同時，被認為沒有用的天然瓦斯，人們也漸漸的懂得利用了。

　　錦水的居民，最初利用天然瓦斯的方法很有趣：只要在住家門前的池塘裡，用鐵管把天然瓦斯導入自己家的廚房，就可以燒水煮飯。現在錦水已經有了工廠設備，由廠方把天然瓦斯導入總管，然後分裝管道通到用戶家裡。用戶那兒也有爐盤和計時表的設備，好像我們用電燈、自來水一樣，按時收錢。

　　錦水的天然瓦斯還輸送到苗栗、竹南、新竹等地。此外竹東、出磺坑、六重溪，也有天然瓦斯，不過沒有錦水的豐富。天然瓦斯不但平常住家燒飯用，許多工廠，尤其是磚窯，利用得更多。

　　在政府提倡禁止伐林和儉省燃料呼聲下，瓦斯或天然瓦斯，正是理想的燃料。可惜這種東西怕轟炸管道，而現在臺灣正在積極準備防空，所以像臺北這樣的大都市，在戰爭沒有結束時是不會修復的。連帶著，臺北的垃圾問題也輕鬆不了。

（民國三十九年六月十日）

虱目魚的成長

　　我們一家人都喜歡吃虱目魚，它的味道很有點兒像罐頭沙丁魚。同時虱目魚遍體發著銀光，看著很清爽，在魚攤子上，很容易因為牠比別的魚新鮮，不由得把牠買回來。

　　講到虱目魚的培養，是很有趣的事。每年到清明前後，虱目魚卵不知從什麼地方湧到了臺灣的南海岸，這時沿海的漁夫就要忙捕魚苗。有人說虱目魚的魚卵，在菲律賓就產下了，隨波逐流漂流到臺灣的海岸，才出卵成苗。不管怎樣吧，反正漁夫們在這個時期都忙著下海捕苗工作，這個工作相當辛苦。

　　虱目魚的魚苗像針一樣，顏色透明，只有牠的一點黑斑的眼睛可以辨認。不老練的漁人不易捕到牠。牠的生命很脆弱，保持牠的生存不是一件容易的事。這種魚苗以前在臺東繁殖最多，所以年輕力壯的小夥子，每年成群的湧到臺東去捕魚苗。其他沿海的地方，捕魚苗的男女老幼也很多。他們辛苦得很，下半身因為泡在海水裡，起滿了皺紋，讓日光一

蒸晒，那個滋味可夠受的。他們用小布網在海邊淺水裡撈，真像俗語所說的「大海裡撈針」。據說魚苗最多的時候是在天亮以前，天上還帶著星星時。

一個人平均每天可以捕到三百尾，今年的價錢是每尾五分，那麼每天就可以賺到十幾塊錢了。漁夫的生活困難，所以這兩年捕魚苗的人特別多，不然的話，一個人一天可以捕到一千尾的樣子。挑選魚苗用的小竹簍，每擔可以裝兩萬尾的樣子。

挑魚簍的人也要有高級的技術，扁擔要用富於彈力的，挑的人要一邊走，一邊顫抖著，為的是使竹簍激動，魚苗才不至於死去。

三四月捕到的魚苗，在魚塭裡培養，經過三四個月的功夫，就可以生長到半斤重，拿出來應市了。現在臺北市上的虱目魚，每兩二角五分，價錢還算公道。

從魚塭裡把魚捉出來，也是個有趣的事。他們在半夜裡下手，捉魚的人先用長竹竿在水面亂打一陣，一邊喊著，用各樣的怪聲氣，好把魚的夢（假定牠們有的話）驚醒。經過這樣亂鬧一場以後，再下網撈魚。據說虱目魚的膽子最小，這樣一鬧騰，牠們就嚇得屁滾尿流（假定牠們有的話），把肚子裡沒消化的食物排洩得一乾二淨，運到北部來銷售才不至於腐敗。

（民國三十九年七月十五日）

珊　瑚

　　前些日子麥帥來臺灣，帶來了一盒名貴的巧克力糖給蔣夫人，蔣夫人也在麥帥臨走的時候，給他一盒臺灣特產珊瑚製的裝飾品，請他轉給麥夫人。

　　珊瑚做的裝飾品，價錢相當貴，一隻小小的別針就要二十幾塊錢。市面上賣臺灣特產品的商店裡，雖然陳列著各式各樣用珊瑚製成的裝飾品，注意的人卻不多。在從前，珊瑚是為外銷的，如今這個市場冷淡得多了，這確是很可悲的一件事。

　　珊瑚，許多人還不知道它是什麼東西，有人只知道它是生在水裡的，有人以為它是一種植物，甚至於有的人以為它是一種像玉一樣的在水裡生的礦物。這都錯了，珊瑚是一種動物的名字，屬於腔腸動物珊瑚類。產在熱帶的深海中。因為這種動物都是群體相結成樹枝的樣子，所以一般人會誤認它是植物。它的枝狀的表面，附有連續的肉，肉上有多數水螅體，叫做珊瑚蟲，內部是由石灰質或者角質的骨骼組成的。

珊瑚蟲是圓筒狀，有觸手八枚或者還多；觸手的中央有口，口跟內腔中的管狀食道相接。各個體都是雄雌不同體。它們的生殖也是有性別的，可是很多是由出芽而營無性的分裂生殖法，形成樹枝狀的群體。我們拿來做裝飾的就是它的骨骼，因為它的顏色光澤而美麗。

　　產珊瑚最多的地方，是在熱帶或亞熱帶裡接近陸地的海洋中。像太平洋南部有許多珊瑚礁，就是這種珊瑚蟲骨骼凝成的礁石。

　　臺灣的珊瑚是產在澎湖，在澎湖縣望安島南部二十海里地方，有一片廣闊的珊瑚漁場。在從前大量開採的時候，澎湖縣的居民多半靠採珊瑚生活，曾經有過三十幾條採珊瑚的動力船，不停的在工作著，因為它是對外貿易的輸出品。澎湖是個不毛之地，人民的生活很是艱苦，大家吃著蕃薯充飢，但是婦女們都戴著名貴的珊瑚首飾，這真是一個諷刺的對照。不過在第二次大戰的時候，採珊瑚船都被日本人徵用了，因為那種船在五百噸以上，相當有用。現在要想恢復起採珊瑚工業來，當然不是一件簡單的事，只好讓那紅潤光采的名貴珊瑚埋沒在海底，那些採珊瑚的人也只有望洋興歎了。

　　打撈珊瑚不像捕魚那樣簡單，從打撈到裝箱外運，真不是一件容易的事兒。船上要有測候的設備，打撈的人都要有專門的技術，船上有沉重的鋼索，到達漁場的時候，把鋼索放置下去，打撈時船走的速度和範圍，提取時候的快慢，都足以影響到珊瑚的完整或破碎。完整的可以值大錢，做女人首飾的，不過是那些零碎的破片而已。

　　生在海岸邊的不值錢的白珊瑚，是澎湖地方用以代替水

泥鋪道用的，所以在澎湖常常可以看見潔白的珊瑚道路。只是走在上面，未免心情沉重，因為他們原可以採珊瑚為生，如今卻落得走著珊瑚地，戴著珊瑚首飾，卻吃著乾蕃薯過日子。

（民國三十九年八月十二日）

說　猴

　　有人送給單身漢一隻猴，安慰他失戀的痛苦和今後的寂寞。那人告訴單身漢說：「牠歸了你，就不會離開你。」果然，那隻小小的猴子緊緊攀在失戀者的胳臂上，眨著猴眼兒，喝著猴嘴兒，吱吱的小聲叫著。單身漢憂戚的臉上，展開了失戀後第一次的笑容。

　　進化論說，人是猴變來的，引起了宗教上的爭執，不要管它吧，好在那是太老年間的事兒了。但猴代表了聰明，並且有人類的智慧，總是無可否認的，何況牠現在又比我們先一步升入太空，又做了我們「進化」一步的先鋒呢！

　　臺灣農家有養猴的風俗，尤其是家裡飼養著豬、雞等家畜的，更喜歡養一隻猴子。據說猴子可以使這家的人口平安，並且家畜不會鬧瘟。他們總喜歡把猴子拴在豬槽的旁邊，認為這樣會使豬更肥大，家庭的財氣更興旺。

　　在臺灣捕猴的地方，有恆春的山地和臺北附近文山的山地。猴既是聰明且又愛惡作劇的動物，捉捕起來很不容易。

不過牠終也逃不過牠們的「後代」的掌握，這就是進步和落伍的區別。捉捕猴子的方法，大半都是在山裡放置特造的木檻，裡面放些甘薯，當猴子跑進吃甘薯的時候，旁邊藏著的人就把木檻的門關上。聽說以前在文山區可以捕到成群的猴子，捕者大規模的預備下幾天的食物，讓猴子們吃個痛快，然後束手就擒。捕猴者還有個習慣，就是從捕到的猴子裡面釋放出公猴和母猴各一頭，也無非是讓牠們繼續繁殖的意思。不過現在臺灣的猴子已經漸漸減少，人口卻漸漸增加。當然，我的意思並不是說，這些年裡臺灣的猴子，有許多變成了人，報了戶口；我是說，人多了，對於猴子的危害加大，說不定牠們越要躲進入深山密林了。

　　曾看過一本《生活》畫報，刊載著關於印度猴子的圖畫和描寫。印度的猴子的繁殖，可說是到了可怕的現象，猴子和印度人幾乎是共同生活了，而且常常有傷害人的事情發生。印度人對猴子和牛兩種動物是禁止屠殺的。不但如此，他們還敬猴為神。印度有一段神話傳說：

　　古代的印度有一個「猴酋長」，名字叫做哈奴滿，牠有一次領著牠的部下救過一位美麗的公主，於是印度人為牠蓋了一座廟紀念牠。廟裡有一句題詞說：

　　「哈奴滿是智者裡面最聰明的。」

　　印度人還把哈奴滿印成五彩的半猴半人肖像，有許多人家都掛著這種猴像。猴子在印度已經達到橫行無忌的狀態，牠們不但在大街上與人類同處，同時還隨意的跟人們開玩笑。有一次，在一列火車上，猴子們爬了上去，把臥車上旅客的床單拖到月臺上亂跑，又有一隻猴子把牙膏擠在睡著了的旅

客的臉上，衣服上，弄得一塌糊塗。

　　有時候，猴子在某個地方繁殖得太多了，印度人也只是把牠們捉起來，用大卡車運到較遠的深山或森林裡放生。印度的糧食部長也曾警告人們說，印度已經因為猴子而發生糧荒，因為牠們把印度人還吃不飽的糧食又分吃了許多。但是印度人不敢從日常生活裡把猴子排斥出去，只好聽任牠們與人爭利，甚至也沒有希望和牠們訂立共存的條約，因為這兩種同一祖先的動物，現在已經不能共同使用一種語言了。

　　猴子在中國，也曾給我們的文學增添了一番熱鬧，一部《西遊記》，如果沒有那位智者中最聰明的「文學的猴子」，豈不就寂寞許多！

　　　　　　　　　　　　　　　　（民國三十九年十月十四日）

臺北溫泉漫寫

　　洗溫泉是臺灣生活裡的一個享受。它可以達成遊山、玩水、休息、療病、避暑幾個目的。像目前這個秋高氣爽的天氣，離開城市做週末的旅行，最好的地方就是到有溫泉的名勝地。

　　臺灣全省都有溫泉的分佈，北部的溫泉比南部更多些。提起洗溫泉，人們就會聯想到北投。其實臺北附近的溫泉勝地有好幾個，今日的北投溫泉的煩囂情形，已經失去旅行的真正目的了。

　　臺灣的溫泉，知名的有新竹的井上溫泉，臺中方面豐原的觀音溫泉，水裡坑的東埔溫泉。臺南的關子嶺溫泉。恆春的四重溪溫泉。花蓮的深水溫泉、瑞穗溫泉、玉里溫泉。臺東的知本溫泉、虷子崙溫泉。宜蘭的礁溪溫泉、員山溫泉。臺北除了知名的草山、北投以外，還有烏來溫泉、金山溫泉、天母溫泉。

　　全省溫泉的水質並不一樣，可以治療不同的病症。像草

山、北投的溫泉，有濃厚的硫磺氣味，烏來或金山的卻沒有那麼厲害。

　　講到溫泉之源，就要知道一些臺灣的山脈情形。臺北方面的溫泉，大半源於大屯山脈，大屯山是臺灣惟一的火山山脈。比如大屯山的最高山峰是七星峰，七星峰的山體龜裂，大量的硫磺液體流出來，就成了溫泉。北投、草山、金山等溫泉，就都是源於七星峰的。

　　離臺北市最近的，實在是在士林東北的天母溫泉，據說它可以治療貧血、婦科、性病、神經系病、腳氣等等。當初天母溫泉的導引，是一件很冒險的事，因為天母溫泉的來源處，那座無名溪裡有大毒蛇，去測量和導引的人都是冒著生命危險的。

　　北投溫泉是歷史最久的溫泉。當初北投是高山族居住的地方，清朝採礦就在這裡，和高山族人以物交換，這在許多臺灣歷史上都有記載的。至於後來開拓溫泉供浴，聽說是始自一個德國人。現在北投是臺灣溫泉最熱鬧的地方，賣淫、兇殺、搶劫，樣樣具備，已經成為一個罪惡的泉源了。

　　草山溫泉的出名，也與草山的景致有關。草山不但溫泉眼到處湧出，而且在山上你可以享受長夏臺灣的美，深山幽谷，小溪流水，沿山都是花樹，臺北平野盡入眼底，背後就是七星和大屯山峰。

　　金山溫泉，俗名叫做金包里溫泉，是臺灣名勝之一，在基隆附近。這裡的風景美麗，竹子山、磺嘴山、七星山，遠望群山，碧空飄渺，冒著溫泉的熱煙，一片迷茫。下面海濱噴著白色泡沫，魚網搖曳，處處令遊人心醉。這樣的美景，

是溫泉所在地的最好條件。

　　進入山地的烏來溫泉，也是一個風景區，烏來的美，是在你深入山巒後才感覺到的。聽百鼓齊鳴般的瀑布聲，看它從峭壁上萬古長流的放下一條水簾，真有一種超塵脫俗的感覺。烏來的溫泉反被瀑布和山色給壓下去了。

（民國三十九年十月二十一日）

鱸鰻和流氓

　　臺灣人管流氓叫做「鱸鰻」，像太保之類的學生就叫「鱸鰻學生」，小孩子淘氣頑皮，大人總叫他「鱸鰻仔」。但是大家不知道典故是從哪兒來的。

　　鱸鰻是生在淡水裡的魚，體呈圓柱形，皮很厚，鱗卻是細軟到幾乎不可辨認。皮上有膠質的粘液。臺灣人很講究吃這種魚，據說是補品。不過很難捉到牠，小的可以釣起來，大的到一丈多長，像大湯碗那樣粗，怎麼能釣得起來呢！據說捕捉鱸鰻的方法是很有趣的：

　　鱸鰻有的時候會到岸上來吃草，在牠經過的地方，身上的粘液就會留下一條痕跡，牠下次再上岸還是走這條舊路，於是一次一次的，粘液加厚起來，太陽一曬，這條路就發出光亮。捕魚的人認清了這條路以後，就在這條路上先橫著埋上一排刀，刀刃向上，然後在最後埋上一把直著的刀，要很銳利的。橫的刀是為的鱸鰻從這裡經過的時候，會把牠身上的粘液刮掉，因為鱸鰻的粘液是具有保護牠自己身體的效用。

那麼當牠肚子上沒有了粘液，而經過直刀的地方，便很容易的割破牠的肚皮。但是頑強的牠，也許不會立刻死去，一直到牠回到水裡，破肚皮裡灌進了水，才算活不了，死後浮到水面上，就可以很順利的撈到牠。

　　流氓為什麼叫鱸鰻，也許是因為他們「賊鬼溜滑」，像身上有粘液的鱸鰻一樣，不容易入法網。也許是因為他們雖然頑強，但是終歸沒有好結果，而成為人類的盤中餐。聽說流氓都很喜歡吃鱸鰻，為的是隨時補他們的容易虧損的身體，這真是同類相殘了。

（民國三十九年十一月十一日）

臺灣的香花

　　有人說臺灣是個「花不香，鳥不語」的地方，後者我也頗具同感；說「花不香」，我卻難同意。臺灣的香花我可以舉出許多種，而且都是常見的。

　　銀厚朴　就是玉蘭。我記得在北平玉蘭很嬌貴，據說要用香油作肥料培養。但是臺灣的玉蘭樹卻很高大，走在巷子裡可以看見住家的院子裡出牆的玉蘭，並聞到它的香氣。玉蘭是常綠喬木，原產地是中國大陸，不知何年傳到臺灣來，水土相服，反而繁殖。它的葉子像蜜柑的葉子，普通都是花開八瓣。

　　夜合花　樣子很像玉蘭，不過花朵較小，花瓣沒有玉蘭那樣長，乳白色，通常只有六瓣。樹幹也像玉蘭那樣高大。

　　唐黃心樹　俗名叫「含笑」，一個很可愛的名兒。灌木，花是白色的。花未開時被褐色的毛包住，開時香味很濃，花的形狀也很可愛。

　　茉莉花　是臺灣盛產，除了作茶的香料和製造香水以外，

婦女們都很喜歡用它做髮飾。茉莉屬木樨科，葉對生，花白色，共有五瓣。

素馨　俗名又叫「秀英」，是蔓狀的灌木，花開白色。

山梔　臺灣人管它叫做「黃枝仔」，樹姿既美花又香，它是屬於常綠灌木，人家的庭院裡都喜歡種植。同時也是做臺灣名產包種茶裡的香料用。把黃枝仔放在包種茶裡一晝夜，香氣已足，就把花棄掉，不像茉莉似的隨著茶葉泡在水裡。黃枝仔是黃色的，花瓣很大，同時還可以做黃色的染料；據說菜場黃色豆腐的顏色，就是用黃枝仔染的。

樹蘭花　也是做茶葉香料用的。它的花是濃黃色的粟狀，在枝上群生，不但香，而且有特種的美。

鶯爪花　也叫做「雞爪蘭」，是常綠蔓狀植物，人們喜歡用它做柵欄。莖和葉都是濃綠色，花也是黃綠色的。據說有一種綠色的毒蛇喜歡盤在這種樹上。它的花瓣細長像爪形，所以有爪蘭的命名。

桂花　大家都知道是黃色的，但是臺灣的桂花卻多是白色的，也是一樣的清香。

月橘　常綠灌木，枝葉密生，開白色的香花，住家常常種了做矮牆。

月來香　在北平叫做「晚香玉」，臺灣也很多。細長的莖，細長的葉，開著迎夜發香的白花，花姿很美。

水仙花　臺灣的水仙花也是清香撲鼻的，據說它的祖籍是福建漳州。近正月的時候開著白色的花。

這樣看來，說臺灣「花不香」實在是很冤枉的。

（民國三十九年十二月二日）

艋舺

　　萬華和延平路是本省人聚居的地方，許多地方還保留著真正的臺灣風味。日本雖然竊據五十年，一直沒能改變它。就拿名字來說吧，萬華是在日本大正十一年改的，原來是叫艋舺。延平路一帶日本人叫做太平町，原來的名字叫大稻埕。臺灣人一直不喜歡用日本名，提到這兩個地方，總是說艋舺，或者大稻埕。艋舺和大稻埕代表著臺灣固有的風習，尤其前者更比較古老些，有臺北就有艋舺了。當初艋舺是臺灣北部最熱鬧的地方，臺灣有句老話兒說：「一府二鹿三艋舺」，府是臺南，鹿是鹿港，如今這三個地方都失去當日的光彩了。

　　艋舺面臨著淡水河，當初是北部的碼頭，從福建來的臺灣人的祖先，都要在艋舺上岸。在漢人沒有到達前，艋舺是山地同胞居住地。他們在淡水河裡划的一種獨木舟，叫做艋舺，因此這地方也就被叫做艋舺了。漢人越來越多，把高山族全擠到山裡去。在清咸豐初年，淡水河床被上流沖下來的砂子填淺，不能當做碼頭用，而這時大稻埕也日漸繁榮，就

把艋舺的盛況奪了一部分過去。

　　艋舺原是高山族語的譯音，所以最初也有諧音做「莽葛」或「蟒甲」等名的。這在前人的文獻裡都可以看到，像清朝郁永河的《稗海紀遊》，有一天的日記裡就說他曾坐一種用獨木鏤成的番舟，可以容兩個人，對面坐各划一槳渡河，名字叫「莽葛」。又黃叔璥的《臺海使槎錄》裡也說他過淡水港時坐的是「蟒甲」，都是指的後來的艋舺，現在的萬華。

　　許多臺北人還是喜歡到艋舺去買東西，艋舺的東西也的確便宜一兩成，不過沒有什麼時髦的東西就是了。所以照顧艋舺的人，大半是臺北四鄉的莊稼人，他們由新店、景美，坐著方便的火車，一直就到了萬華站下來。

　　萬華的夜市是很有名的，到了夏天的黃昏，許多人喜歡去趕萬華夜市，這也可以說是臺北著名風情之一。遊臺北不去萬華，正像逛北平不去天橋一樣。

（民國三十九年十二月二十三日）

二百年前的北投

從文獻會出版的《裨海紀遊》（郁永河著，方豪校訂）裡，可以看到二百年前蠻荒瘴癘的臺灣，和今天的進步情形比較起來，真是有天壤之別。

《裨海紀遊》是清康熙三十六年，郁永河從福建渡海來臺，當年四月由臺南到北投採硫磺時所記的日記。從臺南到北投，現在坐火車不過九小時，可是在二百年前，郁永河卻嘗盡了千辛萬苦。那時的北投也不像今天這樣的花街柳巷，使人留戀。而是人們一提起就「歔歔悲歡，如使絕域」的地方。大家都勸他不要冒險，說：

> 客秋朱友龍謀不軌，總戎王公命某弁率百人戍下淡水，
> 纔兩月，無一人還者；下淡水且然，況雞籠、淡水遠
> 惡尤甚者乎？縣役某與其侶四人往，僅以身返，此皆
> 近事，君胡不自愛耶？

但是郁永河卻笑著回答說：

> 吾生有命，蒼蒼者主之，水土其如余何？余計之審矣，
> 不可以不往。

他到底還是不要命的去了。現在我們逛北投是不需要「拼命」的。而且基隆淡水也無「惡」之可言。

郁氏一路經過各番社，自從斗六門以上，都是荒蕪之地，森林蔽天，麋鹿成群。他的交通工具是笨重的牛車，有時候是：

> 一路大小積石，車行其上，終日蹭蹬；加以林莽荒穢，
> 宿草沒肩，與半線以下如各天。

有時候是：

> 溪水湍急，役夫有溺而復起者，奴子車後浴水而出，
> 比至，無復人色。

有時候是：

> 途中遇麋、鹿、麏、麚逐隊行，甚夥，驅獫猲獲三鹿。
> 既至南崁，入深箐中，披荊度莽，冠履俱敗，真狐狢
> 之窟，非人類所宜至也。

　　那時的臺灣，顯然是一個不經人工整理的天然大動物園。其動物種類之豐富，決不是今天的圓山動物園所能比擬的。

　　五月才到了北投開始採硫，現搭住屋，安頓下來。今天我們到北投洗硫磺溫泉是一種享受。但是在二百年前，北投卻是個「水土害人，染疾多殆」的可怕的地方。郁氏起初不信，果然採硫工作開始不久以後，工人十之八九都病倒了，最後連廚子也躲不過，在郁氏「一榻之側，病者環繞。但聞呻吟與寒噤聲，若唱和不輟。恨無越人術，安得遍藥之？」最後只好「乃以一舶悉歸之」了。

　　今天的北投，「水」是治病的，「土」也不會使人「染疾」。不過另外有一種「文明病」在傳播罷了。

　　著者百折不撓的精神，實在令人敬佩。連雅堂先生在他主編的《臺灣詩薈》重載《稗海紀遊》的跋裡也曾說過：

　　　　……永河字滄浪，快男子也。康熙三十六年春，自省來臺，躬歷南北，採礦北投，事畢而去。觀其百折不撓之精神，足使人起敬。書中所載，山水險阻，瘴毒披猖，以今視之，何啻霄壤。夫北投者，今日之所謂樂土也。歌舞樓臺，天開不夜；山溫水嫩，地號長春。而在當時，幾於不可一朝居，此則人治之功，而滄浪之開其始也。

　　這樣看來，郁永河可以說是北投的開山老祖。今天到北投「遊焉、息焉」的人，看到眼前的繁榮太平景象，想著當年郁氏的出生入死，披荊斬棘的情形，不會相信這就是二百

年來同一的一塊地方。而北投的侍應生們如果「拜拜」的話，
也應當不忘給郁氏燒一股香才對。

（民國四十一年二月十七日）

豬　哥

　　臺灣人常常拿「豬哥」這兩個字來罵人，罵小孩吃飯樣子不好看，說他是「豬哥神的」（豬哥的神氣），或者「親像豬哥」（好像豬哥）。罵人臉長得難看，說他是「豬哥面」，嘴翹著說他是「豬哥嘴」，豬哥何其不幸！

　　「豬哥」就是種豬，普通養豬人家的公豬都是被閹過的，不能接續香火，所以母豬是要靠「豬哥」來生產的。專有一種人飼養「豬哥」，這種人被稱做「牽豬哥的」，被認為臺灣三百六十行裡最低下的一行。「牽豬哥的」差不多是近乎乞丐這一類的無業遊民去做。到了母豬該懷孕的季節，「牽豬哥的」就該牽著豬哥到各處「出差」。在那幾小時的神聖的時間裡，「牽豬哥的」責任很大，如果他看見豬哥和豬母很快樂的在一起，那麼他當然也很快樂，臺灣有句歇後語說：「牽豬哥的——趁暢」，意思就是說：「牽豬哥的」賺快活。

　　接交工作完了之後，「牽豬哥的」就隨便把面盆裡的冷水向豬哥和豬母澆去，然後嘴裡唸上兩句喜歌兒：「滴一下冷水

給汝生十二隻美美。」（澆一下涼水讓你生好好的十二隻。）
豬母的主人就會遞一個紅紙包給牽豬哥的，裡面是報酬。

　　「牽豬哥的」職業最被人看不起，豬哥也是當做罵人的
話，然而豬哥的職務是如此神聖！如果沒有豬哥來接種，到
後來人們豈不要「食無肉」？

　　　　　　　　　　　　　　　（民國四十年四月十日）

臺南「度小月」

我們這次旅行，在臺南只有半日的勾留，臺南是臺灣古都，廟宇最多，不過在大陸上看過了名山大剎，臺灣的廟就沒有什麼可看的了。走馬觀花的把赤嵌樓、鄭成功祠看了一遍，主要的還是去中正路吃「度小月」擔仔麵。在臺北我們已經吃膩了擔仔麵，因為它是千篇一律的味道。後來我們在熬夜飢餓的時候，便改吃門前江北佬的餛飩了。但是「度小月」的擔仔麵卻的確是別有風味，不可不嘗。

「度小月」用的麵和一般臺灣擔仔麵是相同的，所不同的是麵的澆頭。它是把精肉屑和豬肝等製成的滷醬在麵裡放上幾小匙，再放一些香菜、兩枚熟蝦、一點蒜醬，澆上兩杓蝦湯，便成了「度小月」的特殊味道。聽說這肉屑的滷是幾十年傳下來的，好像北平月盛齋的醬肉滷一樣。

「度小月」設在臺南熱鬧中心的中正路上，現在的主人是洪再來，他每天可以賣到二百碗的樣子。洪再來就坐在門口兒的麵擔子裡面，有幾隻小凳圍著他。你如果怕難為情，

可以到裡面的方桌上去吃，但是大多數的人都喜歡坐在擔子旁，看他用熟練的手法，把一碗碗的麵做好，遞到食客的面前。「度小月」有兩個特殊的標幟，門上一個紙燈籠和門匾上畫的小帆船。這裡有一段克難的故事：

　　洪再來的父親洪芋頭是以行船為業的。芋頭從母親那裡學來了這特殊味道的肉屑麵，常常在行船之前親自做了給朋友們吃。行船的人遇到風雨來臨不能出船的季節，最為苦惱，所以芋頭的生活也相當清苦。後來朋友們建議，為什麼不在停船的淡月裡，賣賣家傳肉屑麵來補助生活呢？於是在淡月來臨的時候，芋頭便挑了麵擔去賣麵，結果生意很好。每天晚上他點上一個紙燈籠，上面寫著：「度小月」──度這清淡的月份的意思。洪再來自小跟著父親賣麵，當然也學來了這份手藝。臺南後來失去海港的作用，洪再來便以副業為正業了。但是他為紀念先人，特在招牌上畫著船，門上掛著燈籠，表示飲水思源的意思。

（民國四十年五月五日）

穿山甲

　　在延平北路上，偶然可以看見提著一隻活穿山甲的鄉下人，在待價而沽。穿山甲的重量相當可觀，看牠混身鱗甲，可以想像牠生活力一定很強。但買的人少，看熱鬧的人多。

　　穿山甲是臺灣的山獸之一，臺灣的民間傳說，穿山甲如果走入人家裡，被認為不吉之物。可是牠卻很有點兒用途，穿山甲的鱗甲在中國藥鋪裡是一味藥。在臺灣，一般人認為牠的肉清蒸了給小孩子吃，可以不生各種疙瘩。說牠是不吉之物，可是牠的鱗甲戴在小孩子的身上或帽子上，卻又是避邪的。他們把穿山甲從尾巴上倒數第七排的鱗甲取下來，給小孩子佩帶。

　　穿山甲的價錢並不貴，可是也曾有一度身價百倍，原來在二次大戰的時候，日本人發現穿山甲的皮——就是去掉鱗甲以後的那層皮，可以當做鱷魚皮的代用品，於是捕穿山甲的人大為開心，在臺北市附近的木柵，就是產穿山甲的地方，附近居民捕這種動物為生的大有人在。穿山甲並不像普通動

物那樣繁殖得快，近來牠的繁殖率還有累年減少的現象。戰時日本人曾有過五千頭的逮捕數，幾乎要讓穿山甲絕了種。到後來也有限定，某些區域是禁捕的。這種動物的存在與否，雖然無關宏旨，可是保持牠的存在，也於人無害，何況這也是一種有鄉土氣息的小動物呢？

　　穿山甲是在夜間活動的動物，捕捉牠不容易。捕捉的時間最好是在暴雨後，在泥路上追蹤牠的足跡，然後找到了牠的棲所。因為大雨常常使牠的窩鬧水災，牠不得不出遊，否則的話牠是很少出來的。找到了牠的所在，就用木石封住了洞口，再去邀人，帶著掘具去掘取，有時候掘到半路也許會碰到岩石，發生傷腦筋的事。

　　在醫學發達的今天，偏方草藥已經失去它的價值，所以賣穿山甲的人，拖著這個笨重的傢伙，在延平北路上徜徉終日，常常是問津乏人，行人開開眼就走了。

（民國四十年五月十六日）

相思仔

　　有人以為臺灣的相思樹就是「紅豆生南國，春來發幾枝。願君多採擷，此物最相思」所說的紅豆，實在不是的，它是屬於常綠喬木，雖然也結豆，卻不是紅豆，而是長長的豆莢。

　　相思樹在臺灣人的生活裡，價值很高，它不但可以燒成木炭，同時因為木質堅固的原故，也是造船的優良木材之一。不但這，相思樹美風姿，是畫家筆下的對象之一。它的姿態柔媚，細長的對生葉，開著黃色的小花，在臺灣到處都可以看見──山林，道旁。不過有一個原則，它要在乾燥的地方生長，水份多時，它的葉子會脫落。

　　相思樹之所以名相思，在民間傳說也有著一段纏綿的故事：

　　在很早很早的時候，有一對相親相愛的夫妻，美麗的妻子忽然被一個兇暴的君王看中了，想要佔為己有，這對夫妻雙雙自盡，但是這位君王妒忌心不減，把這對夫婦葬在河的兩岸，讓他們在陰間的魂都不得在一起。誰知後來在河的兩

岸竟各生了一棵樹，樹的枝葉從兩岸相向生長，到後來竟枝葉相連，這樹就是相思樹。

梁啟超當年遊臺時，著有〈臺灣竹枝詞〉，曾詠相思樹云：

相思樹底說相思，思郎恨郎郎不知。樹頭結得相思子，可是郎行思妾時。

但今天，相思樹卻成了主婦的良伴。不久以前，本省為了禁止伐林，同時幾種臺灣產燃料都因為失去外銷而在本省找出路，於是報上競相刊登廣告，「老王賣瓜，自賣自誇」，賣酒精的說酒精合乎衛生條件，賣熟炭的說熟炭合乎經濟條件……在爭取主婦青睞之下，主婦的眼睛卻是雪亮的，就拿我個人來說，我是一個很守法的主婦，受了政府的鼓勵後，我試著用木炭以外的燃料，但是我用遍了各式各樣的燃料——包括有生命危險的酒精，令人昏迷的炭丸，灰塵四起的熟煤。之後，我才感覺到：「用遍臺灣煤，首推相思炭！」

很多主婦不能分別相思炭和其他木炭的不同來，相思炭的優點是因為它耐燒、不爆、火力大，它是沉甸甸的，劈的時候不容易碎，相打起來鏘然有金屬聲；同時從橫切面可以看出花瓣般的紋狀來。

臺灣人管相思炭叫「相思仔」，有親愛之意也。

（民國四十年五月二十八日）

竹

　　竹在臺灣人生活上的價值，是無法估計的。竹的全部，
利用在臺灣人生活的全部上——包括衣、食、住。

　　鮮的筍，在臺灣一年四季都可以吃到。筍的種類也隨著
竹的種類而有不同。這些日子在臺北可以吃到的是細長如桿
的桂竹筍，上面有紫色的斑紋，這種筍常常也被剝去筍皮煮
成酸筍來賣，用它和酸菜與肉紅燒，味鮮美，是臺灣烹調之
一。桂竹多生在中北部海拔三千尺的地方。它在工藝上也有
多的用途。

　　刺竹筍就是皮葉上有棕色毛刺的那種。刺竹在治安上很
有用，田家喜歡種它做圍牆，因為刺竹性質非常強硬。竹林
密生，用它防風最好。做柱做擔棒都是用刺竹，粗壯的還可
以做水筒。另外像煙管、樂器也都是用刺竹，不過刺竹筍的
味道卻平淡無奇。

　　麻竹筍是筍中之王，一個麻竹筍往往有十幾斤重，盛產
的時候價錢很便宜。麻竹，筍既大，竹當然也是最高大的，

它的高度可以到二三十公尺不稀奇，生長在臺灣的平地上。它是漁家用來做竹筏最好的材料，其他像汲桶、桌椅等傢俱，也都是用麻竹來做的。

綠竹在竹中最富風姿，人家庭院裡都喜歡種植綠竹，它細桿玲瓏，顏色很美。綠竹筍的筍皮略帶綠色，味道也很鮮美。

每年到八月，麻竹筍盛產的季節，臺灣人還要製作許多筍干。在竹林中蓋起筍寮，把要製筍干的筍搬在竹寮裡保存。筍干的製法是把筍去掉硬的部分，切成薄片，放在鍋裡煮一小時，然後放入大籠裡，上面用重石壓搾，水份就會從籠孔漏出去。白天放在陽光下乾燥，夜晚抬進竹寮收藏，乾了以後就成黃褐色的酸性的筍干。客家人擅製筍干，它也外銷到日本、南洋諸地。

竹可製作的東西太多了，大到蓋房，小到做線香的心棒。有一部分銷到美國去做釣魚竿。竹葉做成的笠帽，防雨又抗日。

（民國四十年六月十一日）

刣豬公

　　每年農曆的七月十九日，是從臺北南下火車第一站板橋鎮普渡的日子。今年雖然政府申令中元普渡統一在十五這天舉行，可是舊俗仍不能免。據母親回來說，板橋鎮及其四鄉，今年本來預備刣豬公五百隻，可是因為節約吧，結果只有一百多隻。最重的有九百多臺斤。

　　豬是好祭祀的臺灣人的第一供物，許多人家養豬，不是為了賣錢，卻是為了過七月半或者為還願，同時在這個熱鬧的節日裡，大家宰豬（臺灣人叫做刣豬），一方面是為祭祀，一方面也有比賽的意義。所以養豬對於臺灣的農村是一件重要的事。

　　俗語說：「牛大不過千斤」，九百多斤的一隻豬，其偉大可以想見。但是我曾聽家鄉人說，二十年前我的家鄉頭份鎮的黃阿石，曾養過一隻豬重到一千二百四十八斤，據說是臺灣最大的一隻豬，至今還沒有打破這個紀錄的。

　　臺灣飼豬比較容易，是因為飼料不成問題，臺灣有的是

白米可吃。當我剛回臺灣的時候，留在北方的一個妹妹曾寫信來，要我告訴她一些故鄉的景物，我談到農村生活時，曾說：「你在那裡開織襪工廠，每天工作將近十二小時，才不過混三頓棒子麵窩頭，這裡的豬卻躺在那兒吃白米飯！」不但這，半年前臺糖外銷困難，價錢低落的時候，曾經有人提議說，讓豬吃白糖比吃糧食還便宜。

一隻豬養到成績斐然，有希望做候選者的時候，主人待牠比孝敬父母還仔細，牠躺在豬槽裡一動也不能動了，主人怕牠熱，一盆盆的涼水往牠身上潑，一個個大西瓜往牠嘴裡送，甚至煮雞肉粥和包粽子給牠吃。

當牠被宰好送到豬架上展覽，諸親貴友也會為了祝賀這隻豬公的偉大而包賞金的，於是在主人的門前貼滿了紅紙條，上面寫著「某人賞若干」的字樣，當然越多越是主人的光榮。這裡我告訴你一個取巧的妙法，你不要以為包賞金是一種損失，因為如果你賞了可以買兩斤豬肉的錢，明天主人會送給你比四斤不會更少的一塊豬公肉來，何樂而不為呢？

曾國藩在他的家書裡常常鼓勵他的家人養豬。他的八字訣「考寶早掃，書疏魚豬」，豬也是內政之要者。如果他生在今日，看見臺灣人的養豬熱，一定會大開其心的。

（民國四十年九月六日）

愛與牽手——高山族少女的戀愛生活

　　高山族女孩子的戀愛生活，極富浪漫意味。女孩子到了可以結婚的年齡，父母便為她們闢室別居，任她過著婆娑無拘束的自由戀愛生活，這時求偶的少年郎們，便可以到她的「繡閣」前吹奏鼻簫或嘴琴，挑逗女孩子的心，向她求愛。在這個專營戀愛的時期裡，她可以在所有追求者裡面，選擇意中人結為終身。試想在那未開化的山林裡，月光下，茅屋前，一個健壯的打獵少年，吹奏著他們自製的簡單的樂器，唱著他們沒有文字的情歌在求愛：

　　　　你哪兒去了，我最愛的人！
　　　　山高高，海茫茫，我看不到你。
　　　　鳥會飛過山，船會走過海，
　　　　可是我去不了，
　　　　我最愛的人，你哪兒去了？

那個滿身裝飾著珠寶的女孩子，會聞歌動心，把這可愛
的少年迎進茅屋，度那良宵美景最快樂的戀愛生活。這是多
麼動人的一幕戀愛劇景啊！這樣的戀愛才是真正的自由戀愛，
是戀愛在大自然和樂聲中，是專為戀愛而戀愛，不必為了對
方的物質或學問去操心，不必為了環境的一切而過慮。許多
文人都曾詩詠過這種原始的愛情，像二百年前郁永河在他的
《稗海紀遊》裡曾詩：

> 女兒纔到破瓜時，阿母忙為構屋居；
> 吹得鼻簫能合調，任教自擇可人兒。

當一對男女戀愛成熟時，便雙雙牽手到她的父母面前，
表明他們已戀愛成功互許終身。高山族管婚姻叫「牽手」便
是這意思，這「牽手」兩字也被臺灣的漢人做為「妻」的名
稱好幾百年了。臺灣許多文獻上都有記載：

> 女將及笄，父母任其婆娑無拘束，番雛雜遝相耍，彈
> 嘴琴挑之，唯意所適，男送檳榔，女受之，即私焉，
> 謂之牽手。自相配乃聞於父母，置酒飲同社之人，自
> 稱其妻曰牽手，漢人對其夫而稱其妻亦曰牽手。（《諸
> 羅縣志》）
> 婚姻名曰牽手，訂盟時，男家父母遺以布，麻達（未
> 婚男子）成婚，父母送至女家。（《臺灣府志》）
> 婚姻無媒妁，女已長，父母使居別室中，少年求偶者
> 皆來，吹鼻簫彈口琴，得女子和，即入與亂，亂畢自

去，久之，女擇所愛者乃與挽手，挽手以明私許之意
也。（《稗海紀遊》）

　　漢人雖然也稱妻為「牽手」，但是漢人的物質條件的婚
姻，哪裡比得了高山族那樣真正相愛而成「牽手」呢！可是
話又說回頭，經過人類文明洗禮後的高山族，不知他們的戀
愛生活會怎樣的演變呢！

　　　　　　　　　　　　　　　（民國四十年九月二十三日）

臺灣民俗雜輯

關於植物的

一年到頭「拜拜」的臺灣人的供桌上，有幾樣東西是不許擺上去的。果物中最普遍的那拔（俗名拔仔）就是其中之一。因為拔仔生長很容易，它的種籽在糞中也能夠生長。我們吃拔仔總是連籽一起吃下，整吃整拉，排洩出來的拔仔籽，在人糞裡就可以發芽，為了這樣不清潔的緣故，它是沒有資格上供桌的。

還有冬瓜也不許上供桌，臺灣的冬瓜又大又長，看去像人的身體一樣，還有匏（葫蘆的一種，可以吃，老了以後可以做瓢。）也像人頭一樣，都是不許上供桌的。但是芋頭卻是供桌上必備的供物，因為臺灣讀芋和興旺的「旺」音近，取其吉利。

這兩年出盡了風頭的「月下美人」，傳說種植在娼樓妓館

的比較茂盛，正經人家養的就差得多。好像美人多薄命，同病相憐的緣故吧。

有兩種植物種植在人家據說是不幸，就是榕樹和蓮霧（一種美麗的水果）。蓮霧也是野生才好，如果移植到家裡來就會帶來不幸。

我曾在〈臺灣的香花〉裡寫過雞爪蘭花。這種花大都是在四月盛開，婦女喜歡摘下插髮。這種花俗名叫「愛睏花」，因為它插到頭上去就會萎軟下來，所以起了這個名兒。

冬荷菜，臺灣的俗名叫做「打某菜」，翻成國語就是「打太太的菜」。因為這種菜生的時候看起來一大堆，等到煮熟就剩了一點點。據說有一個喜歡吃冬荷菜的吝嗇丈夫，每次回來吃飯，看見原是一大籃的青菜，炒出來竟是一點點。以為是太太偷吃了，就屢次為這打她。所以冬荷菜就有了「打某菜」的綽號。

（民國三十九年十月十六日）

冬生娘仔

從前臺灣的女孩子到了十幾歲，喜歡做一種小布人，管她叫做「冬生娘仔」。做法是很簡單的，用線香棒綁成一個十字形，就是冬生娘仔的骨架，她小如手掌。給她穿上短衣和褲，上面再做一個頭，描上五官，腳是纏足型的，所以做上弓鞋。不過「冬生娘仔」只有一隻腳，傳說她的嫂子很利害，曾打斷了她一隻腳。也許因為雙足不好做，所以給她按上一個利害的嫂子。

　　「冬生娘仔」在福建民間也流行，神話的傳說是：從前有一家闊人，生了一個女兒，因為是冬天生的，所以起名叫「冬生」。「冬生娘仔」是花神轉世，她在天上犯了罪，被玉皇大帝罰她到塵世走了一趟。所以「冬生娘仔」聰明、美麗，尤其擅長刺繡，無怪女孩子們都要崇拜她。

　　「冬生娘仔」從小就喜歡刺繡，她曾發過誓，要繡百花開的樣式，結果真讓她繡成功了。但是只有十九種，原來所差的一種是楊梅花。楊梅花是要在午夜才開放的，而且一瞬之間就謝了，所以「冬生娘仔」永遠遇不到楊梅花開。有一年的七夕，家家的女孩子都在做七巧會，「冬生娘仔」卻獨自徘徊楊梅樹下，靜等著花開。但是她不知道在什麼時候睡著了。等到一覺醒來，十二點過去，楊梅花又開過了。冬生娘仔不禁又悔、又恨。那時在她眼前有許多螢火蟲飛來飛去，她在無聊間就拿起小絹扇向螢火蟲打去。螢火蟲越飛越高，她的輕飄飄的身體也跟著上下前後的打去。追來追去，她的身體太疲倦了，這時不知走到什麼地方，道路也認不清了，她急急忙忙，三步併作兩步的往回跑，竟一跤跌死在路旁。

　　「冬生娘仔」的祭日，通常是在正月十五到十七。但是在福建是每年的十二月三十晚上祭「冬生娘仔」。理由是楊梅開花是在每年的十二月二十九日午夜，如果看見楊梅開花就會把命送掉。因為一說「冬生娘仔」就是好容易趕上某年的楊梅花開之夜，她非常高興，仔細觀察楊梅花的形狀以後，預備回到房裡去做刺繡的樣本，但是不幸中途失足跌死了。

　　祭「冬生娘仔」的供物有冬瓜、蜜柑、雞腿等。上完供以後，就把「冬生娘仔」和「床母衣」（一種用紙描繪的生產

之神的衣服）一同燒掉。在燒以前，還要唱一個祭歌，歌詞
因地域的不同而略有變化，大概是這樣：

　　　　冬生娘仔，冬絲絲。
　　　　教阮繡花，好針黹；
　　　　繡尫仔，好目鼻；
　　　　繡手繡腳，尖溜溜；
　　　　繡弓鞋，好鞋鼻。
　　　　教阮梳頭，好後份。
　　　　教阮縛腳，落米升。
　　　　教阮排花，兼刺繡。
　　　　教阮靈敏，加能溜。
　　　　教阮盤馬齒，尖秀秀。
　　　　教阮畫花，花枝清。
　　　　教阮畫柳，柳枝明。
　　　　教阮嫁夫，夫婿和好百年榮。

　　（上面的歌詞，「阮」是我的意思；「尫仔」是小人兒；
冬絲絲，尖溜溜，都是形容好的意思。）
　　閩南的風俗略有不同，他們在供祭的前夕，先把「冬生
娘仔」打扮好了，放在廁所裡插立一夜，因為傳說「冬生娘
仔」是失足掉在廁所死的。他們的唱詞大概是這樣：

　　　　冬生娘仔，臉幼幼，保庇阮，也會挑，也會繡。
　　　　冬生娘仔，冬新新，保庇阮，有福氣，遇貴人。

冬生娘仔，冬媽媽，保庇阮，也會刮，也會割。
冬生娘仔，冬西西，保庇阮，嫁好翁，伴好婿。
冬生娘仔，冬新新，保庇阮，父母兄弟，都平安。

　　這樣默禱完了以後，就把冬生娘仔插立在廁所裡，同時放著雞腿。到夜半的時候，還要坐在碓（舂米用的器具）上，默唸下面的詞句：

坐碓頭，善梳頭。
坐碓中，夫婦不相沖。
坐碓尾，善炊粿。

　　然後再走到菜園裡，一邊摘菜，一邊唸下面的詞句：

折菜，嫁好婿；
折菜心，得萬金。
拔蔥，嫁好翁；
拔蔥根，百子千孫。

　　最後回到家裡來，在路過人家的門前時，撕掉人家的門對，唸下面的詞句：

撕門聯，黃金萬千；
撕門對，萬千富貴。

　　聽歌詞，可以知道「冬生娘仔」的意義，無非是培養女孩子們使成賢妻良母，教她們對於家事更感覺興趣。

（民國三十九年十二月三十日）

宜子宜孫

　　熱帶植物繁殖，動物還不是一樣？一位老同學結婚後幾次懷胎都不能順利產出，醫生沒有辦法，只好給按上了一個「習慣性滑胎」的病名。誰知她到臺灣來，一連生了兩個寶寶，她的丈夫大為讚賞臺灣是「宜子宜孫」的地方。

　　臺灣的確是宜於生產的地方，街頭巷尾，一年四季都有不少頂著大肚皮走路的女人。可惜的是臺灣的女孩子不值錢，接生婆在臺灣有個習慣，接出來如果是女孩子，接生費都要打八折。還有句俗話說：「招小弟仔食雞腿，招小妹仔食雞屎。」

　　意思就是說，生男孩子吃雞腿，生女孩子吃雞屎。男尊女卑的觀念之深，由此可見。雖然生了女孩子不見得真吃雞屎，但是對於產婦的待遇確是不同的。

　　產婦的飲食在臺灣也另有一套。她們並不一定吃流動食物，小孩生下來以後產婦就可以吃乾飯，最少不得的是煮「雞酒」吃。雞酒的做法是把雞剁成塊，和胡麻油、生薑同炒，再放入米酒共煮，香噴噴的，產婦每天都要吃。有句俚諺說：「生過手麻油香，生不過手換三塊板。」

　　意思是說，順利的生產過後，總會吃到麻油煮雞的，一個不順產就許往三塊板上一抬，去見閻王爺了。北平也有句

俗話形容產婦說：「跟閻王爺隔一層窗戶紙。」風俗雖處處不同，但是生產的痛苦對於女人卻是到處一樣。

（民國四十年一月二十日）

燒金

　　一個外省人，為了祭他死去不久的母親，按舊式的規矩，要給死者燒點兒錫箔之類的東西。他到店鋪裡去買，因為言語不通，而且那天正是臺灣人祭土地爺的日子，店員就給了他一疊叫做「福金」的金紙。他回到家裡恭恭敬敬的燒了，到後來才知道他的母親不會得到這筆錢，因為「福金」是一筆指定的專款，專為燒給土地爺的。

　　臺灣人的祭祀裡，無論祀天、祀神、祀鬼、祀祖宗，一定要燒紙，就是平常到寺廟裡小拜也要「燒金」。臺灣的錫箔雖然簡單，只在粗糙的小方塊竹紙上附著一塊金色或銀色的箔。但是種類和分別卻很多。大體說來，金紙是為神的，銀紙才是為祖宗、鬼及喪事所用。金紙又分許多種，哪種神用哪種錢都有一定，不像咱們人間，富貴貧賤都用新臺幣。它們的分別如下。

　　金紙共分：

　　盆金：這種金紙長一尺三寸，寬一尺二寸，是專為燒給玉皇大帝，三官大帝的。

　　頂極（還分大頂極和小頂極兩種）：是燒給一般的神的。

　　天金（分大小頂極天金，中天金，小天金四種）：是專為玉皇大帝，三官大帝用的。

壽金：一般神用的。

福金：主要是為土地爺，但是一般神也可以用。

中金：祭中壇元帥（鎮壓邪鬼的神）必得用，又玉皇大帝和三官大帝也可以用。

至於銀紙則分大銀，小銀二種，凡是葬儀、拜墓、祭祖、以及祭一切幽靈邪鬼都可以用。

另外還有黃色竹紙上面並沒有附錫箔的，種類也很多，如高錢，白高錢，庫錢，外庫錢，金白錢等等。有的為酬神，有的為打發神的部下用。

（民國三十九年九月九日）

媽祖生

舊曆三月二十三是天上聖母——臺灣人稱做媽祖的生日。到這一天，臺灣各地都舉行盛大的祭典，而且各地分區分日舉行所謂「繞境」。到那時沿街各戶都迎門擺出供桌，爆竹不斷的響，線香和金紙不知要燒多少。

媽祖是臺灣家庭的供神之一，除了宇宙之神的「天公」（玉皇大帝），還有觀音佛祖（慈悲的女神），福德正神（土地的神、財的神），天上聖母（航海守護的女神）和司命灶君（灶神），這幾位神受著臺灣家庭最普遍的供拜，而媽祖的祭日是其中最使臺灣人興奮的。

關於媽祖的傳說很多，比較普通的是這樣說：天上聖母的本廟是福建興化湄州嶼的天后廟。差不多一千年前，約當宋太祖建隆元年的三月二十三日，福建省都巡官林愿的太太

生了一個女兒，就是後來的天上聖母。從出生到滿月都沒有
聽見她哭過一聲，所以她的父母就給她取名叫「默」。

默八歲就跟著塾師讀書，到了十歲的時候喜好誦經禮佛，
每天早晚淨几焚香，未曾稍懈。十三歲那年，一個老道士來
到她家，對默細看之下說：「這孩子很有慧根，可以教教
她。」於是傳授給她玄微秘法，到了十六歲果然神通大顯，
變化自在，做了不少驅邪救世的事，大家都管她叫通賢靈女。
到了二十八歲道成，據說便離別家人，白日飛昇到天上去了。
有了這樣的傳說以後，歷朝都曾因她的顯聖靈驗而褒封加封，
例如：

宋朝宣和四年時，某次在通高麗的海上，曾因她的神功
感應而免遭難，於是當朝建了一個「順濟」廟額。

宋高宗的時候，有一個時期惡疫流行，人們在某個當做
藥用的清泉所在地向她祈禱，後來果然惡疫消滅，於是她被
封做「宗福夫人」和「靈惠夫人」。

宋寧宗慶元六年正趕上賊亂，官軍平亂立功，是因為她
的父親積慶侯的靈感所召，所以封她的母親為顯慶夫人。

元明宗天歷二年，她曾因庇護航海而被封為「護國輔聖
庇民顯佑廣濟靈感助順福惠徽烈明著大妃」。在浙閩一帶有十
八座廟祭祀她。

清康熙二十三年敕使汪楫到琉球去，靠著她的神助而免
海難，於是奏請春秋祀典。

以上是她的正傳，至於還有其他的傳說，如媽祖是漁夫
的女兒等等。總之，一般都認為她是航海的守護神。臺灣移
民從風浪多險的臺灣海峽渡過來，在科學不發達的時代，怎

能不把生命寄託在神明的保佑呢！

（民國三十九年五月六日）

媽祖和臺灣的神

　　迎媽祖那天，住在基隆的親戚請我去看熱鬧。我想像到基隆那天的熱鬧，可是沒有想到去基隆的火車，竟擁擠到幾無立足之地。下車後，走過天橋花了二十幾分鐘才出火車站。站上貼著佈告說，為防備今晚南下乘客的擁擠，火車票可以預先發售（普通車票向來是開車前十幾分鐘才賣的）。

　　我們正趕上媽祖巡視的行列，幾輛紮著花彩的大卡車，載著大大小小的神仙，吹吹打打繞過每一個可以駛進去的小巷。住戶的婦女們都被開路的執事們喝令把「不潔之物」——晒在竹竿上的女人的衣褲——趕快收起來，然後跟著一輛輛的花車駛過去。打前鋒的有西秦王爺，田都元帥等神，最後才是天上聖母——媽祖，披著紅緞繡花的外衣。男男女女的信徒們，都手挽小竹籃，裡面盛著香火供物，有的自認有罪的，還在頭上戴著紙枷，跟著花車後面跑。最有趣的是田都元帥的車後面貼了一付對聯，上聯是「先唐大元帥」，下聯是「民國老先生」，足證這位神仙已經超越了時代，因此媽祖由鮮花轎改乘載重卡車，也就沒有什麼怨言了！

　　迎媽祖為什麼又把西秦王爺和田都元帥也駕出來的道理，我不大明白，不過西秦王爺和田都元帥是演藝界所敬奉的神（在臺灣北管派祀西秦王爺，南管派祀田都元帥），大概臺灣的神太多了，每逢主祀某神的時候，總要有一些陪祀的。

　　臺灣究竟有多少神？有人提出這個問題來，我在日本人梶原通好所著《臺灣農民生活考》裡看到一篇很詳細的調查。臺灣的神，可以分成儒教、佛教、道教、雜教四大類，合計起來大概有一百零五位的樣子，不過不光是神，也包括「鬼」在裡面。正式的廟宇就有將近四千處，供奉著各種的神和鬼。

　　除了天上聖母、福德正神、觀音佛祖這三位最普遍供拜的神外，一百零五位神裡比較重要的是：

　　五穀先帝、太乙真人、水仙尊王、三山國王、開漳聖王、開臺聖王、廣澤尊王、保儀尊王、保儀大夫、楊五使、楊六使、靈官大帝、五雷元帥、關聖帝君、文昌帝君、孚佑帝君、大魁星君、朱衣神君、城隍爺、靈安尊王、境主公、東嶽大帝、護國尊王、順正府大王公、西秦王爺、田都元帥、盤公公、司命灶君、三官大帝、玄天上帝、保生大帝、中壇元帥、法主公、臨水夫人、三伉夫人、九天玄女、李府仙祖、祖師、清水祖師、地藏王菩薩、王爺、註生娘娘、池頭夫人。

　　以上有些是大陸上也有的「全國性」的神，大家都不生疏的，像關聖帝君、文昌帝君、東嶽大帝、城隍爺、灶君等。有些是甚至連名字都沒有聽說過的「地方性」的神。

（民國三十九年五月二十日）

午時水和扒龍船

　　愛過節的臺灣人，現在又到了可以吃、玩一個痛快的端午節了。端午節並不是臺灣人獨享的佳節，任何中國人對於它都不生疏，可是臺灣人過得更熱鬧些。包粽子，這當然是

過端午節的第一件大事，這些日子鄉下人挑擔著竹葉滿街的吆喚，糯米的價錢也比蓬萊米貴上一倍。

和內地的風俗一樣，到端午節，除了包粽子以外，家家門口都掛上菖蒲和榕樹枝。臺灣有句俗諺說：「插榕較勇龍，插艾較強健。」同時全家的人還要用菖蒲煮湯來洗澡。在這一天臺灣人還有幾樣東西要吃的：吃菜豆和茄子，他們說：「食菜豆食較老老老，食茄較雀躍。」意思就是：吃菜豆可以長壽，吃茄子更增元氣。吃桃和李則要說是：「食桃肥，食李美。」總之，在這一天無論吃什麼，都要說出重大的理由，至於過完節胃腸病大夫的「雀躍」和「肥美」就是另一回事了。

到了端午節這天的正午，還要做一樣要緊的工作，大人孩子提著罐子或瓶子到井邊去汲水收藏起來，叫做「午時水」。據說午時水是永不會變質的，收藏密封起來以後，在一年中隨時取飲（當然它是很寶貴的，不能每天都喝著玩兒），可以當做解熱的內服藥；如果遇到什麼腫疼的時候，也可以當做外科洗藥。俗諺又說：「午時水，飲著肥且美。」本來午時水是要利用露天經過日光曝晒的水才合規矩，可是年頭兒改了，迷信的玩意兒也不免要隨著潮流修正，自來水也勉強算數，只要公司到時候不停水。

《荊楚歲時記》上載：「午日競渡舟，救屈原也。」這種龍舟競渡的玩意兒，在內地早已慢慢的絕跡，臺灣卻是在二次大戰期間才逐漸減少的。臺灣人叫做「扒龍船」，到時也是鑼鼓喧天，兩岸的人歡聲振天。這一方面雖是紀念屈原，有懷古的意思；一方面也有給河水驅邪的意思，所以「扒龍船」

在端午節以外的日子也可以舉行，比如淡水河這一陣子溺死鬼太多了，就可以舉行一次。

民國三十七年有一天，由臺北開出的火車，走到港仔嘴，忽然失火了。正好這時火車要過河，司機原打算趕快開過了河再停止，哪裡知道偏偏在河的中央停住不動了。結果許多人被燒死，另外有許多人跳到河裡淹死，造成空前的慘案。以後曾在那條河裡舉行過一次「扒龍船」，就是為了驅邪。

（民國三十九年六月十七日）

過七月

在臺灣的年中行事裡，農曆的七月是一個熱鬧和浪費金錢的月份。臺灣有句俗話說：「儉腸勒肚留到七月十五」，意思就是說，無論怎麼省吃儉用勒緊肚皮，七月十五總要過的。實在在七月裡從初一開鬼門起就開始熱鬧了。初一當然要拜拜。到了七月七，有孩子的家庭都要拜拜，拜的是七娘媽。臺灣人講究做十六歲，說十六歲就是成人了，十六歲以前是孩子，是由一位女神叫做註生娘娘的來保護。到了十六歲成人，註生娘娘就不負保護之責了。所以有十六歲孩子的家庭，在七月七這天，女孩子開始梳髻，男孩子也打上辮子。當然這是老年間的事兒了，現在應當改成女孩子可以開始原子燙髮，男孩子可以開始梳飛機頭了吧！

七月七這天拜七娘媽，是供著紙糊的七娘媽亭，這種亭做得很講究，綠牆紅瓦金欄杆，亭裡還做著小供桌，上面有銀色的燭臺等等，專有這種「糊紙師傅」做這筆生意。和七

娘媽亭同時供在桌上的供物有：紅龜糕、末龜、雞、鴨、雞蛋、豬肉、魚、芋、油飯、水果、檳榔、酒、化妝品。

過了七月七，各地方又該分區舉行普渡了，包括唱戲，殺豬種種熱鬧。今年政府下令說，因為節約時期，所以勸大家統統在十五這天慶祝。但是我的家鄉的親戚們來信說，十五、十六兩天都是熱鬧的，希望我回家共渡中元。對於只有一天，想必大家總是不甘心吧，按規矩是十五中元，十八放水燈，十九普渡，一直到二十九鬼門關上，這個七月才算過完。

實在說，過這個七月所浪費的就是在「吃」上。家裡養豬的要宰豬，宰豬同時也就有養豬的意思，傳說某家宰了一隻最大的豬，大家都要去看熱鬧。並且為了慶賀這家的豬養得特別肥大，親戚朋友好多要賞錢，本家兒牆上貼滿了紅紙條，上面寫著某先生賞若干，某寶號賞若干，紅條越多越體面。

至於那頭平日養尊處優，吃得比主人還好的豬，這時也得到了報答主人的恩惠的機會，供獻出有限的生命來，給主人換回了無限的光榮。

（民國三十九年八月二十六日）

灶君

在臺灣，送灶王上天也是在農曆臘月二十四這一天，不但是灶王，其他諸神——臺灣的神仙很多——也同樣上天去。

送神的儀式是先用冬瓜糖、蜜柑上供，然後再把神馬和

金紙燒掉。送神都是在早晨。到了二十五日，據說玉皇大帝就要下降人世，實地調查諸神所報告的，確實與否。所以這一天不許把髒水亂潑，怕正趕上天神駕臨，潑了他一身，豈不失禮。這一天嘴裡也不許說髒話、罵人，怕讓天神聽了去。從二十六日起，家庭裡的婦女就忙碌起來，磨米蒸糕，準備過年。

一直到次年的正月初四，又該迎神，就是把去年送上天的那一群神仙再接回來。迎神的儀式是在晚上六七點鐘的時候舉行。預備上六碗菜和各色果子，自然「拜拜」是免不了的。

為什麼送神在早晨，接神在晚上呢？聽說這也跟女人家的事兒有點關係。比如女人回娘家，總是早早的走，等到要回夫家，娘家人總是遲遲惜別，所以要到黃昏才回來。這是以女人家的心理去琢磨神仙，真是無微不至。

聽說灶君是位美男子，有一個關於灶君的故事，但不知道是屬於臺灣灶君的，還是所有的灶君都一樣。故事是說，灶君是玉皇大帝的第三個兒子，是一個天生好色的美男子，平日行為頗為浪漫，玉皇大帝氣得沒有辦法說：「好，你不是愛看女人嗎？我封你為司灶之神，讓你到廚房裡把女人看個夠！」但是他到廚房裡一看，喝！敢情早晨進廚房燒火的女人們，都是蓬頭垢面，有什麼可看的？於是他奏上玉皇大帝說，廚房裡的娘兒們長了一頭虱子，下床手臉不洗就拿鍋燒飯，並且愛說骯髒話。於是玉皇大帝給廚房定了禁例六條，來管教廚房裡的女人們。

又聽說灶君是個敬惜字條的神仙，他不許人在灶旁讀書，

也不許用字紙燒火，如果犯法的話，要叫他肚子痛。

（民國三十九年二月十一日）

年的準備

　　從舊曆的十二月十六日，宰雞殺鴨，供拜福德正神，度過這一年的「尾牙」以後，家家戶戶就要忙著有關新年的準備了。

　　二十四日的「送神」是一件大事，把屬於玉皇大帝派到人間的諸神送上天去，做這一年的「施政報告」。這些神仙要在明年的正月初四才回到人間來復職。

　　蒸粿是家庭主婦的一件大事，許多人家都是自己磨米來蒸。蒸粿的工作大半是在二十四日送神完了以後就開始準備了。

　　有四種粿一定要做的，就是：甜粿，用糯米粉加糖蒸的；發粿，用米粉加糖發酵後蒸的；包仔粿，就是肉饅頭，或者鹹粽子；菜頭粿，用白蘿蔔擦成絲和在米粉裡，再加香菇，蝦米等蒸成的。到了大除夕，又是自家一番供祭，如果自己有佛堂或家廟的，就在這裡舉行辭歲，一家老小團聚，大吃大喝是不必說的了。

　　臺灣俗諺說：「甜粿過年，發粿發錢，包仔包金，菜頭粿做點心。」

　　這樣說來每樣都要嘗嘗嘍！

（民國四十年一月二十七日）

榕

　　臺灣人喜歡「拜拜」，不但是拜祖，拜天，一石一木都成了膜拜的對象，所以有什麼石頭公，榕樹公之說。

　　榕樹在臺灣是很普遍的樹，住家的庭院裡，也常常有這種掛著長長鬍子的樹，枝葉密生，生長很快。在植物學上榕是屬桑科，常綠喬木，產在暖地，臺灣和兩廣都很多。不但高，就是橫的發展也很可觀，有時一棵大榕樹下可以站立幾百人呢！

　　榕葉是橢圓形長柄，葉面平滯，它的奇異就是因為從樹枝生出許多鬚狀氣根，垂在地面上。大的榕樹多生長在臺灣的寺廟裡。關於榕樹的傳說是這樣：

　　從前有一個皇帝，曾在某次巡幸的時候在一棵榕樹下休息，因為榕樹給了皇帝涼爽的原故，所以贈它五羊大夫的官位，並且賜給它有應該留下長鬚的生命。榕樹許是這樣才被人尊敬的吧。因為榕樹是這樣的貴重，所以禁止當做薪柴去燒，說是如果砍榕樹燒的人，這一家人必定陷在貧困的生活裡。但是臺中、嘉義和鹿港方面又有這樣的傳說，如果種植榕樹在住家的庭院裡，這家必有災禍。臺北的人卻認為，家裡如果種榕樹，應當雇乞丐去種。因為一個孩子如果種了一棵榕樹，等到樹長到像那個孩子一樣高的時候，那個孩子就會遭不幸了。這些傳說相當可怕，無怪臺灣人對榕樹公是既敬且畏。但是我不明白為什麼許多人家又都可以看見這種樹。大概這種樹經風媒會自己在人家院裡生長，既長之後，長長

鬍子的榕樹就沒有人敢砍它，因此就多起來。

　　不過在五月五日的時候，家家門上除了蒲艾之外，還要掛上幾枝榕，臺灣俗語說「插榕較勇龍」，就是說插榕的人是不會淹死的。

（民國四十年）

擲筶

　　梶原通好在《臺灣農民生活考》一書裡，說過這樣的話：「祭祀是神和人辦交涉具體表現的儀禮。」臺灣人祭祀的目的無非是祈願，報謝，慰靈這些事，但是每年花在這上面的錢真不知有多少！臺灣的神太多了，而臺灣人也相信「抬頭三尺神明在」的話，所以對神真是畏敬萬分，處處「惟神是從」。

　　臺灣人在拜神祈願的時候，除了供物以外，不能缺少的是「擲筶」，擲筶正是人和神辦交涉的傳話筒。臺灣有句俗諺說：「無錢甲查某講無話，拜神無酒擲無筶。」意思就是說：沒錢跟娘兒們搭不上話，沒酒拜神時擲不出筶。

　　「擲筶」的意思或者可以這樣說：「擲筶就是看神的臉色如何。」筶字這個字，連《康熙字典》都查過了，也沒找著這個字，該是一個方言字吧！它是用竹削成二三寸長半月形的，一面是平面，一面是凸面。平面屬陽，凸面屬陰。每組兩個，筶擲出以後，可以產生三個結果：

　　（一）一陽一陰是聖筶。吉象也，是神容納或允許的象徵。

（二）二陽是笑筶，半吉半凶的意味，象徵神在冷笑。

（三）二陰是怒筶，凶象也，象徵神在怒斥。

筶是在什麼時候擲呢？只要你對神有所祈願你就要擲，甚至於極微小的事情，都是非要得到神的同意才可以去做的。決不能擅自妄動。拜神的順序是這樣：

（一）把供物擺好在神的面前。

（二）把神前左右的蠟燭點著。

（三）在神前斟上三杯茶。

（四）點香拜過後直插在香爐裡。

（五）神前的五個酒杯第一次斟上酒。

（六）擲筶看看神降臨了沒有。要一直擲出聖筶，才表示神已降臨。

（七）聖筶既出，第二次斟酒。

（八）然後擲筶向神祈願，一直到神答應你的祈願。才能繼續下去。

（九）抽籤也要先擲筶，讓神答應你。所以要擲出聖筶以後才可以去抽籤。

（十）抽完籤以後再擲筶，擲出聖筶才表示這支籤的正確，如果擲出不是聖筶，那麼還要重抽，再重擲，一直到擲出聖筶才可以拿這支籤去換字籤。

因為擲筶在拜神是這樣重要，所以各廟宇的神龕前都有許多筶備用，同時你也可以看見擲筶的人那樣誠心誠意的拜拜又拜拜，在祈求「聖筶」的出現。

（民國四十年八月三十日）

霧社英魂祭——一個不甘壓迫的民族血淚故事

　　在臺灣島正中央，海拔一千多公尺的濁水溪上游和哈保溪的兩溪夾谷間，有一塊脊稜地帶，便是霧社的所在。屬於泰耶魯族的霧社十一個部落，便沿著濁水溪支流這一片好地方居住著。

　　濁水溪有時從懸崖斷壁傾瀉而下；有時慢慢地流著，溪畔開滿石南花，有時要在峰巒層疊裡轉彎。當春日來臨，有名的霧社櫻花開遍山谷，你再遠眺東面在雲霧飄渺中的能高連峰，真是一片令人心醉的山景。

　　不知在多少年前，當霧社的祖先在濁水溪的一條支流旁打下生活的基地後，他的後代便管這條溪叫「麻海保」（祖先的意思）。麻海保溪，麻海保山，以及後來和他們壯烈同歸於盡的麻海保岩窟，都是為了紀念祖先發祥而起的名字。他們更敬重森林裡高大無比的檜樹，說那是祖先的靈魂。

　　霧社的少年們各個雄壯有力，他們攀登高山峭壁如履平地，他們走過藤吊橋，健步如飛，狩獵原是山地少年的英雄

事業，他們為了追射一頭白鹿，不惜日夜的爬山越嶺，一直
到鹿死箭下才肯賦凱歌歸。

霧社的姑娘們不但能歌善舞，而且要負起所有的勞力工
作，因為山地男子是只管打獵的。她們的美麗也是這一次悲
劇的主因之一，在荒淫無度的侵略者的猙獰面孔下，霧社男
兒要受鞭打，霧社女兒要受蹂躪。

當霧社成了木材採伐運輸站時，霧社男兒有許多不得不
扔下自由的狩獵生活，而把勞力廉價的出賣給日本人，做著
扛木生涯。他們扛了沉重的木材，走在崎嶇的山路上，不能
講一句埋怨的話，在日本巡查的武力強壓下，無情的鞭打是
時刻可以落在頭上的。但是壓力越大，反抗力也越大；皮鞭
子越響，民族的自尊心也越強，漸漸地發生怨聲載道的現象，
在日警的大力鎮壓下，他們受苦刑或失蹤的情形，就更屢見
不鮮了。

他們的美麗的妻女愛人，時時被日本巡查之類姦淫了以
後，懷著孽種的大肚子被遺棄了。泰耶魯族有血氣的男兒們，
把這一筆筆的帳記在心上。

就是連頭目摩那路達奧的妹妹，也免不了受同樣的遭遇：

摩那路達奧是霧社的麻海保社頭目——霧社中不肯跟日
本人妥協的抗日領袖。正因為摩那路達奧在霧社裡有相當的
勢力，日本人不得不對他用懷柔政策，曾經帶他到日本去觀
光，不斷灌輸以做殖民地主義者的走狗的思想，想叫他領導
著族人低下頭來。可是他眼見自己族人在痛苦中煎熬，和自
己妹妹的遭遇，只有對日本人更加憎恨。

蝶娃西路達奧——摩那路達奧的妹妹，生得明眉大眼，

即使用外族人的眼光去看她，也是夠美麗的，她被有了妻室的近藤巡查誘姦之後，過了一個時期又被遺棄了，她含淚地回到哥哥面前，這給摩那路達奧的刺激真夠大的。但是他忍一口氣，把妹妹草草的嫁給一個本族人。

還有花岡一郎——一個受了完全日本教育的臺中師範出身的霧社青年，他的原名是達乞斯諾賓，父親也是頭目。他從學校畢業後，就做駐在波阿倫社的巡查。他和弟弟花岡二郎兩人都娶了本族裡的美女花子和初子。沒想到花子和初子也被日本巡查看上，他們不顧花岡兄弟的臉面，同樣的要據為己有。雖然這次獸行沒有達到目的，並且被一郎告發了，但是在日本人的祖護下，被告的沒受到處分，一郎反被責備，對於受了相當教育的一郎，這個打擊真不小。

泰耶魯族的男兒啊，他們受夠了。

趕著運輸木材，是為了建築十月二十七日要舉行的公學校聯合運動會會場，無數的工人在雨後泥濘的山路上被驅遣著，吉村巡查怒喝著催促，無情的鞭子抽打在每一個落後的工人身上。

「這是受過文明洗禮的民族的行為嗎？」每次，當荷戈社的青年比河華利斯看著他的同族被一撮小鬍子的日本巡查，鞭打得黑紫皮肉上起了一條條傷痕，便不由得心裡這樣痛苦的自問。

比河華利斯是被日本人認為有問題的工人，因為他的雙親、叔伯、兄長，都是為了反抗日本人而陸續處死的。在他的親族中，他是沒有被清除的「反動」的根芽。統治者的皮鞭子常常親近他，是想把他徹底的打服了。

　　今天為了趕路，吉村巡查的鞭子抽得更起勁了。他認為這一群懶惰的番工，是有意放慢步子的。惟一的辦法就是用鞭子抽。一個工人便被打入泥濘中了，另一個工人嘟囔了兩句，吉村的鞭子立刻又轉移了方向，但是這個工人竟還起嘴來，於是鞭如雨下。餘怒未息，最後把那工人吊在一棵檜樹上打死了！啊，在霧社祖先的靈魂下，他們善良子孫竟這樣被虐待，憤怒的火不禁在每個霧社男兒的心裡燃燒起來！

　　晚上，在麻海保社的摩那路達奧家裡，比河華利斯訴說了白天的事。新仇，舊恨，一齊湧上來。即使一向被認為最有鎮靜功夫的摩那路達奧，也不得不承認日本人所給予霧社的壓迫太大了，一場復仇是不可免的了。

　　在花岡兄弟的周密策劃下，便決定在十月二十七日舉行運動會時，一洗多年的積恨，要對日本人做一次血債的總清算。

　　山中秋季照例是多雨的，可是二十七日的早晨卻意外的晴和，流水行雲，風搖樹動，大自然的一切都像往日一樣寧靜安謐，霧社的各個人都表現了十足的鎮定功夫，沒有一些痕跡可以看出要發生什麼變故。這一天清晨四點，他們已經悄悄地把附近櫻社、麻海保社、荷戈社、波阿倫社的駐在所裡的日本巡查們殺光了。住在霧社的一百多個日本人，並不知死之將至，他們穿了最講究的衣服，幾乎全部參加了運動會。在這一千多公尺高的山上——那天正是中華民國十九年十月二十七日上午八時半——驚天動地的霧社事件終於爆發了！

　　當「日章旗」升上了旗竿，日本人彎下了他們鞠躬如也

的腰，向東方做照例的「遙拜」時，一陣極迅速的行動發生，山胞的家長們從隊伍裡把他們的子女拉離開會場，這裡只剩下驚疑的日本人，跟著山崩地裂的呼嘯聲從四面八方湧上來，幾百霧社山胞衝進了會場，領先的正是摩那路達奧。這時日本人才知道事情的不妙，但是番刀、竹槍已經發狂的落下來。「殺啊，痛快的殺啊！」復仇的血液沸騰著，番刀滿場飛舞，殺喊哭號之聲，使那山谷都震撼了。這一場血債的報復，應該使侵略者覺悟，世間沒有一個民族肯長久受壓制，壓迫得越深，反抗得越高。

　　事先路口都有看守，幸而逃出了會場的日本人，也逃不出霧社。他們原計劃殺出霧社，眉溪，並且佔領埔里。霧社的電線都被剪斷了，日本人想向臺中方面求救的電話是不通的了。但是終有一個日本人被逃脫，他由山中小路跑到二十四里外的埔里，帶去了驚人的消息，因此，臺中方面立刻派來軍隊，他們佔領埔里的計劃便沒有成功。

　　從埔里到霧社途中，要經過一道天險的人止關。好美麗，好峻險的人止關！在兩邊斷崖絕壁的中間，僅有一條窄路可通行，峭壁下面是深澗，崖上的躑躅花卻紅豔醉人，這天然形成的要塞，使開到這裡的日本軍隊不由得止步徬徨，不敢貿然攻入，沒來及殺出人止關的霧社人馬和日軍對壘了三天以後，感到有縮短防線的必要，便決定退到他們祖先的最先發祥地的麻海保岩窟去守。

　　麻海保岩窟在層峰疊嶺的高深處，是一個可容納千百人的大岩窟，形勢的險要即使用砲轟也沒辦法去擊破它。當日本軍隊攻入人止關，佔了霧社後，摩那路達奧和他的兒子塔

達奧摩那所率領的幾百男丁女眷，已經分在麻海保兩個岩窟佈下死守的陣勢。

雖然日本人幾次增援，出動全臺灣各地的軍隊，從各路向麻海保岩窟圍攻，並用飛機一再探查它的地勢，但是仍然沒有辦法攻入。岩窟高深，外圍是他們的祖魂所寄的檜樹林保護著，從岩窟看出來十分清晰，看進去卻莫測高深。

圍攻了多日，日本軍隊並沒有顯著的戰績。雖然把霧社全部佔領了，並且俘虜了一部分霧社婦孺，但是對於岩窟中的摩那路達奧父子和百千的死守者，卻一些辦法也沒有。這時在岩窟中的摩那路達奧父子，雖然感覺到外面的包圍網日漸縮小逼近，但是這一切並沒有使英雄氣餒，可悲的是彈盡援絕，怕是要給敵人一個便宜勝利的機會。

二十二歲美麗的瑪洪摩那，是塔達奧摩那的妹妹，她因為沒有隨父兄們進入岩窟，不幸被俘虜了。當日本人知道沒有辦法攻入岩窟時，便想到了誘降的方法。有一天他們便使瑪洪摩那帶了大批酒肉進入岩窟勸降，想拿同胞之情去打動塔達奧摩那。

瑪洪摩那見到了哥哥首先便哭了，哥哥的脾氣她還不知道嗎？霧社男兒的性格，還不清楚嗎？如果說出請哥哥投降的話，將要受到怎樣的呵責？可是數日來哥哥的焦慮，已經從他驟然老去的容貌可以看出的。

知道了妹妹的來意，塔達奧摩那卻心平氣和的說：

「去回覆日本人，告訴他們，泰耶魯的男兒從來不屈服，哥哥在這裡要守到最後一人！」

聽了哥哥的豪語，瑪洪摩那完全沒有驚奇之色，這是她

未來以前就料到的。

　　挽著妹妹的手，送她走出岩窟，死別的擁抱，即使英雄氣概的哥哥也不由得淚水縱橫，滴到瑪洪摩那的頰上，合著妹妹的淚珠滾下來了。他不是惋惜個人的死，死已早註定，只是時間的早晚。他悲傷的是，今後僅存在人間的孤弱的妹妹，將要受到如何的折磨？他的族人後代將受到統治者怎樣的報復？

　　在祖魂所寄的檜樹林裡，塔達奧摩那摸撫著淚痕滿頰的妹妹，說出最後告別的話：「妹妹啊，在祖宗的面前答應我，快樂勇敢的為霧社生活下去， 並且負起養育霧社後代的重任！」

　　受哥哥的叮嚀，瑪洪摩那鼓起勇氣來破顏而笑，可是她道別哥哥時是懷著已碎的心。

　　月餘的僵持下，日本人毫無進展，最後他們竟使用出最毒辣，最違背人道的手段來，名為「飛機偵查」，實際是在岩窟一帶散下了違反國際禁約的毒瓦斯。

　　在毒氣的迷漫中，不肯屈服的霧社兒女，一個個倒下去了。塔達奧摩那知道，這一回他們的末日是真正的來到了，為了不甘心死在敵人手上，率領著他的人們，衝出洞窟，排排掛在檜樹上自縊。於是溪邊，窟洞，枝頭，被毒死和自盡的屍體，狼籍縱橫，這是一個為了不甘受侵略者壓迫，為了強烈地愛和憎的民族，最後悲壯的死！反侵略者的肉體是死亡了，但是他們的精神卻與天地同在。

　　在千萬的屍體中，日本人找到了花岡兄弟和摩那路達奧父子的，當他們找到了所謂「最後最頑強的抵抗者」的二十

八歲塔達奧摩那的屍身時，曾喊著萬歲宣佈了侵略者的勝利。但是這一場有血有淚，可歌可泣的霧社事件，也嚴重打擊了侵略者的野心，他們內心裡也不得不承認暴力主義已經開始要付出極大的代價，這是一次好教訓。

霧社的櫻花依然年年盛開，霧社的英魂和山光水影檜樹岩窟同在，到霧社賞花的遊客呀，請你們在憑弔史蹟的時候，不要忘了向霧社的英魂禱告說：

「霧社的英魂啊，請安息吧，你們的後代已經得到了新生！」

（註：霧社便是現在的南投縣仁愛鄉春陽村，自從霧社事件發生以後，他們便移住在現在的互助村。現在春陽村所居住的，並不是當日的霧社部落，而是以後移來的他族山胞。）

（民國四十年十一月二十日）

我的美容師

「你的美容師來了！」

可不是，我的美容師來了。她進門就喊熱，脫下了那件
咖啡色的毛背心 （她廈門街開雜貨仔店的外甥媳婦給她織
的）。然後說：

「今天真燒熱，早起我出來時還冷呢！到了大學寮的太
太那裡，就燒熱起來了。」

「你早上已經走了幾家了？」我問。

「七、八家囉！」

真使我佩服，我這時不過剛梳洗完畢，早點還沒吃呢！
唉，我的臉剛化妝好，她卻又要重新給我收拾了，好不好我
請她明天再來，……我這樣想著，她卻開口了：

「前天我來，你在睡覺，昨天又說你到木柵去了。」

一點也不錯，因此她今天算把我捉住了，我怎好說不呢！

她已經在找地方了，並且很熟悉我家傢俱的情形，搬來
了兩張凳子，一高一矮；高的她坐，矮的我坐。她在估計陽

光照射的位置，為的好把我的面孔放在亮處對著她。

　　有點不由分說的味道，我剛咬下兩口燒餅，她已經坐到高凳上了。手裡握著她那化妝箱，不，她那化妝包，在等著我了。

　　我把咬剩下的半個燒餅扔在桌上，趕快就位，我坐在她下面的姿勢，就像一個小孩子等待媽媽餵飯一樣。照例的，她一邊打開小布包，一邊望望我的臉，我猜想她又要誇讚我的臉說「皮肉真正細」了，但是她沒有，卻一本正經的在我臉上注視了那麼一下子，也許她看到我臉上的黑斑更多，皺紋更深，當有無限感慨，她來給我美容有七八年了呢！誰知她在注視過後卻說：

　　「鼻子真好，沒見過有你這麼好的鼻子的！」

　　我想笑了，她怎麼忽然注意起我的鼻子來了？也許，真是臉上的黑斑和皺紋使她沒法誇讚了，只好轉移到鼻子上來。

　　言歸正傳。她打開了小布包，拿出來她的美容工具，沒有外國貨，全是省產品。工具是很簡單的，不要笑話她，只有一盒粉、一團線、和一把小錐子，還有兩條破布帶子。

　　她先用布帶子繞頭把我的前髮向後攏了繫上，然後打開了那小紙盒，拿出來一小塊新竹粉，朝我臉上東一塗、西一抹，立刻我就成了三花臉。

　　小錐子拿在手上，大拇指橫按著它，在我的臉上開始拔取較長的汗毛，但那是要限制在額頭和兩鬢，因為皮肉下面是骨頭做底子，才好把錐子橫按在上面。汗毛被拔起時，會刺痛的，但並不嚴重，嚴重的是用線來絞。

　　她今天換了一軸新的線，當她把線頭咬在嘴裡，並且用

手續好了以後，對我說：

「這軸線是日本線，結實得很，二十年嘍！我阿嫂她阿嬸送我的，現在沒處買嘍！日本製。」

什麼都是日本製的好，但那也不是瞎話，從頭到尾就沒斷過，它在我的臉上繃直了絞來絞去，每一根汗毛都被絞離了肉皮，沙沙的響，刺刺的痛，那種痛使我渾身打冷戰，但是我願意接受它。它痛得很乾脆，大概就是「痛快」的痛了。我們倆有一會兒沒有說話，她在專心的替我美容，我心裡想著快絞到最痛的地方了。那就是眼睛下的地方，那裡的肉已經是鬆軟的了，如果不小心，就會連那鬆弛的肉皮一起絞起來，所以我很怕，總是支持我全身的力量去應付它，她卻是輕輕的、熟練的，在那多皺的肉皮上絞取那極為微小的汗毛，絞兩下，我就說：「好啦！好啦！」但是她不肯罷手，「喏，還有一點毛。」她的眼力真好。

這時她大概為免除我心理的緊張，總喜歡跟我說些閒話，她說：

「你知道圓環那間酒家嗎？」

我說：「什麼酒家？多得很，我不知道。」

「就是那間三層樓的。我一去，她們大家都愛我給她們挽面（臺灣話管絞臉叫挽面）。都說，你挽面都不會痛。」

她在緊要關頭的時候，這樣吹牛，又這樣哄我，使我想起了我動大手術的那一次。當麻醉藥用上了以後，醫生叫我數數兒，他忽然親切的說：

「我們是小同鄉呢！我們的家鄉真有了不起的人物，你有一枝筆，我有一把刀……！」

　　我剛剛數到七，聽他說得我滿高興的，可就昏迷過去了，終於他一刀開下來，我被縫了三十六針！

　　現在我的美容師的牛也吹得恰到好處，「眼下」的一關過去了！她每次來都帶了許多我們婦女界人物的消息來，那些人物我都不認識，但被她說得很熟悉了。而且那些人都離我不遠。

　　「從你們這裡去，快要到明星戲院的那位外省太太，給我挽面挽了很多年，她真愛我給她挽，搬了家還叫人來找我去。」

　　要不就是：

　　「就是從你們這裡再彎過去那條巷子裡，在南昌街開藥店的頭家娘，前幾年滿面都是毛。開頭時，她跟我說，你半個月就要來一次啊！現在我兩三個月才去一次，喝！現在她的臉是幼迷迷的！是真正幼迷迷的！她說，你挽的全不會痛。她真愛我挽。」

　　人人都愛她，不知道她在別人那裡，怎麼把我吹給人家聽呢！

　　絞完臉面還要絞一絞後頸上的「後毛腳」，那也是一個使人打冷戰的地方。兩條所謂「後毛腳」，延長到脖子上，很不整齊，我的美容師，她要給我整理一番。

　　她這回用手往下硬揪，刷刷刷的，連根兒拔。我忍住了痛，聽她讚美我：

　　「毛腳生得真美，看，把這些雜雜的毛挽去，啊，梳頭，熨頭髮，都便利多了。啊，你沒看見那種毛腳生得低的哪！萬華開香店的她小姑，噢，毛腳像一把鬍鬚，她嫂子叫我給

她小姑挽，我給她挽得毛腳圓圓的，她梳那種日本款的頭，真合適，毛腳全不會像從前那樣露現現了！」

痛得我想叫，但是她的功勞簿還沒寫完呢！

「南門口那間電頭毛的美容院，你知道吧？頭家娘是員林的，嫁給上海人，開美容院的。喝，她那裡做事的女孩子，全愛我去給她們挽面。」

「美容院的，還要你去給她們挽面！」我不信。

「她們都不會挽面。日本式的是用剃刀來剃面，毛越生越多！」

聽聽，又是日本！我又想起一篇小說，描寫一個外國醫生到抗戰時的中國內地去治療瘧疾，並破除迷信，誰想到藥品被敵機炸了，醫生也得了瘧疾，反倒是用當地土法子給治好的。想到這兒，我好笑起來，也忘了後脖子痛。這時她也工作完畢，吹開我後脖子的碎毛，又誇了兩句，包括我和她。

收拾起她的化妝工具——半盒新竹粉、一團線、一根錐子、兩根破布帶。她站起來，撢撢我撒落在她身上的那些汗毛、線頭、粉末。

她穿毛背心的時候，我拿出來一張紅色票子——五塊錢，遞給她，她說：

「謝謝你。啊，你弟弟娶了沒有？」

「還沒有。」

「由你們這裡下去過橋那邊，我給她挽面的太太，她小妹在電力公司辦公，生得真美，真靜，還沒做人家，……」

「但是我弟弟已經出國做事去了。」

「啊——」她很失望。

　　她向我道再見，臨出門時又轉過頭來對我的臉上望望說：

　　「米酒裡面摻一點點鹽，用來在臉上搽搽，紅塊就會沒有了。嘖，我給挽一下，你的肉皮就真潤了，嘖！」

　　我的美容師，明裡是誇我，其實她是真正的在自誇。

（民國五十一年四月）

故鄉一日

　　今天陰雨，乘坐在直達故鄉的公路車裡，聞著低氣壓下流散不出去的汽油味，我想著往事。

　　上次回故鄉，是大前年的事了，為了參加堂弟阿棋的婚禮。當晚是住在幼美姑姑的家裡。幼美姑姑是爸爸最小最淘氣的妹妹，我是爸爸最大最調皮的女兒，我想這是幼美姑姑特別喜歡我的原因。

　　那次，記得天沒亮幼美姑姑就起床了，我在睡夢中聽見雞叫聲，以為是公雞報曉，翻個身又睡了。等到早晨起來，梳洗完畢來到飯桌前，看見滿桌飯菜中，有一大盤我最愛吃的白斬雞，才知道黎明前的那聲雞叫，正是牠被姑姑宰割時呢！

　　客家人是三餐吃乾飯的，但是我卻沒有這種習慣，我早被都市的惡習和夜讀夜寫的生活折騰得常常是不吃早點，卻吃夜宵的，但是我仍然食慾旺盛的飽餐了這頓早飯。我想我所以發胖，太適應任何食物和任何吃法，也是主要的原因吧！

　　吃了早飯我就忙著趕車回臺北，姑姑幫著我收拾提包，把熟雞腿包了塞進提包裡，象徵著我吃了雞腿便可以多走動，常常回家了，所以臨走時她問我：

　　「英子幾多時再轉來？」

　　我看著屋外姑姑種的滿園子蕃茄，已經纍結了青實，朝陽正照向它們，我說：

　　「誰知道！也許幾個月，也許幾年。」

　　姑姑說：「嗤！」她不滿意我的答覆。

　　果然幾年過去了，我才又一次回來故鄉，這次是為了伯母的整壽。

　　車駛進故鄉小鎮的街上來了。故鄉近年的進步是突飛猛進的，最大的工廠開設在這裡，景象是不同些。我很就心，如果沒有人來接車，我下了車，應當朝哪方走？如果沿門打聽，也許問到的小朋友正是我的姪甥們，豈不正造成「兒童相見不相識，笑問客從何處來」的事實？

　　還好，車子駛到總站，我已經從車窗看見另一個堂弟阿楨等候在那裡了，我多高興！下車來，他告訴我，因為我信中沒有寫明車次時間，他和阿烈哥是從早上就輪班在這裡等我的。

　　伯母已經搬到小鎮的邊邊上去了，要走一些田間的小路，雨天腳下泥濘，幸好我穿了雨套鞋來。我跟在阿楨的後面走，忽然想起什麼，問他：

　　「阿楨，你幾個孩子了？」

　　「七個。」

　　「喲！」嚇了我一跳。在我的記憶中，他有三個或四個，

已經覺得不少了，幾時增加到七個啦？只是在這幾年我沒有回來，就變成這樣多了嗎？

我的驚奇，使他回過頭來，向我笑笑。他的笑，也使我想起了他的父親──我的厊叔；最小最先死去的叔叔。

我永遠忘不了我第一次回來的情景，厊嬸拉著我的手哭著說：「轉來好，轉來好，你的爸爸和厊叔怎麼就沒有轉來的命呢？」我忍不住失聲痛哭，哭盡了我心中的委屈──厊叔和爸爸死在異鄉以後，我們在大陸上所受到的委屈，一古腦兒，都從心底湧上來。

厊叔死的時候，我還是一個小小女學生，但是對於厊叔，我有極深刻的印象，片片段段的，都能從回憶裡，清楚的回到眼前。母親曾說過，厊叔的脾氣古怪，可是我就從來沒有覺到過。他風度翩翩，比起高顴骨、凹眼睛的爸爸要漂亮得多。

厊叔給我最初的記憶，就是他對我剛開始入學讀書的幫助很大。我第一次去考小學，就是厊叔帶著我。一個北平夏季的大雨天，我從考場出來，看不見厊叔就哭了，等他從後面趕過來拉起我的手時，才因心安而破涕為笑。以後，我常常被這雙溫暖的大手攜著，他帶我去遊公園，去買書去聽戲。我初學毛筆字的時候，厊叔特地到琉璃廠買了一本「柳公權玄秘塔」字帖給我，這本字帖用了許多年，一直到厊叔死去，它還平靜的躺在我的書包裡。

厊叔是祖父最小的兒子，祖母最疼愛的。父親在日本做生意的時候，他也被父親帶到日本讀書。後來父親的生意失敗，帶母親和我到北平去謀事，不久把厊叔也接到那裡去讀

書。厱叔和父親的年齡相差十多歲，兩個人的生活、思想太不同。雖然父親一向都是愛護家人的。

幾年以後，厱叔又把厱嬸和阿楨弟接到北平。不久，他們就離開父親另住。就是因為他們兄弟之間的思想距離太大。

後來，厱叔和朝鮮的抗日份子來往，他們計劃發動什麼事情的時候，因為事機不密，到大連就被日本人捉去，結果被毒死在監獄裡。當厱叔的照片登在一張日本的報紙上時，父親看了痛哭起來。那張照片上的厱叔瞪圓著眼，兩手交胸，我從來沒有看見過他這麼兇的樣子。父親接到厱叔的死訊後，親自到大連去收屍，回來不久便發了吐血的毛病。當時祖父寫信來，為這件事責備父親。我記得父親一連幾夜沒有睡覺，給祖父回信，寫了幾十頁，把信紙粘接起來寄出去，就像一卷書。

厱叔唯一的兒子，小時曾經是我的遊伴的阿楨弟，現在竟做了七個孩子的爸爸啦！人生真難料！

我一邊走一邊痴想，走過彎彎曲曲的田邊的小路，眼前就到了家。

七十整壽的壽星，正和大家一樣，光著腳在泥地上走，她忙著呢！來往於自己住的小屋子，和借來請客的鄰居地主的大房子。我向她拜壽，掏出代表臺北全體的壽禮紅包來，她抹著眼淚說：「來就好！」

我被帶進湫隘狹窄的小屋，裡面烏壓壓的滿屋子人，都是些三姑六婆二舅母這樣的親戚們。小孩子驚奇的望著被稱做「唐山阿姑」的我。她們告訴我，哪個和哪個是誰誰的孩子，都是甥姪輩；我只能說，我的不知名的甥兒姪兒，像山

上不知名的花兒那樣多！

　　酒席開十桌，夠豪華的。上到第十個菜，上菜的人說，這才不過是一半哪！誰說鄉下人儉省？吃著「大腸肚子鹹菜湯」、「洋蔥煮魚丸」這樣的菜，我問鄰座的姑姑，這是什麼料理？誰在廚房主持？姑姑嚴肅的回答我說：「好料理。你的三嬸、屘嬸、大嫂都在廚房裡。」

　　當別人正吃得津津有味的時候，我忽然沒有了胃口，有一股氣味向我的鼻孔侵襲。我來找，一回頭，發現身後的木板牆那邊正是牛槽，那就難怪了。我很想捏起鼻子，但是我憑什麼要這樣做？只因為我是都市的寵兒？都市的空氣比這裡更清潔？更何況在我的生命史上，幼年也有過兩年鄉下生活的紀錄呢！我這麼想著，不禁笑了。姑姑誤會了我的笑容，她說：「好料理吧？」我點點頭。

　　酒席吃完了，我到鳳姊家去休息。鳳姊說晚上要請我聽戲，正旅行到鎮上來的阿玉的戲班子，非常叫座。她去買票，我瀏覽著鳳姊這棟新建的房子，滿掛著的祝賀鏡框和對聯。姊夫原來有一輛「拖拉庫」由他自己駕駛，做些運輸煤炭或其他物品的生意，但現在他是民意代表了，所以牆上的鏡框都是書寫著「民之喉舌」、「為民造福」等等的字樣。

　　這時在壽婆那裡幫忙的嬸嬸，嫂嫂們都來了，她們忙了大半天，都還沒跟我說上話呢！屘嬸還是那麼清瘦和憂鬱。她見我總是忍不住衝動的輕叫著：

　　「英子！」然後哭泣了。

　　看見我會使她想起這一生的轉捩點──在冰天雪地的北方，在正被人家豔羨的生活中，她驟然失去了那青年英俊的

丈夫——厖叔。她現在雖然做了七個孫兒女的祖母，但他們
怎抵得過那一個屬於她的厖叔呢！

　　這時屋裡全靜下來了，只聽厖嬸一個人的飲泣聲，沒有
人勸解她。也許大家都知道（也都有過這經驗吧！）讓她哭
泣一陣，心中的鬱悶發洩出來，不是無益的事情。

　　但我還是要打破這沉重的氣氛，我從皮篋中取出一疊我
的近照，遞給厖嬸，說：

　　「您看這些都是我。」

　　這樣，她才停止哭泣，含淚微笑的一張張看著。我送給
每人一張，她們都珍重的收起來。

　　晚上聽戲，是鳳姊大請客，我們一群婦孺，結隊前往。
嬸嬸要我脫下「踢死牛」的尖頭皮鞋，她不信那雙鞋會使我
舒服，於是我換上了木屐，招搖過市。

　　幼美姑姑是戲包袱，關於戲的一切她都知道。她告訴我，
阿玉母女的戲班子是跑鄉鎮有名的。她的女兒們都是初中畢
業後參加戲班，所以不可以輕視呀！

　　這一晚的戲聽完看完以後，太使我開心了！她們所演的，
應當是稱為「地方戲」的那一種，但是我看了後，覺得這種
戲已經打破了「地方」的觀念，就是對於「時間」的看法，
也應當另具眼光。它像現在人們所爭論的現代詩或現代畫一
樣，稱之為現代戲，是無愧的！因為在這齣號稱香豔、悲傷、
警世、武打的戲裡，它的樂器包括胡琴、二胡、單皮、鑼鼓、
薩克風、小提琴……。為什麼不可以呢？她們所唱的既然有
歌仔調，流行曲，西皮搖板，採茶相叻調等等，當然就得這

些樂器來配合。她們既然穿了古裝唱流行歌曲，那麼飾演花花公子的，穿了粉紅緞子香港衫戴了水手帽，又有何可挑剔的呢？因此，她們在一臺戲裡，也就忽而客家語，忽而閩南語，忽而國語不足為奇了！唱到一半，女主角又憑什麼不可以從後花園贈金給公子後，跑到臺前來，用播音小姐的腔調，穿著古裝，站在麥克風前，預報明天的戲目，請君早臨呢？所以，當我看了最後一幕以「擁吻，幕徐徐落下」而結束時，不禁向臺上發出會心的微笑了。

科學的進步，時間和空間的距離和間隔都縮短了，錯置了；我們既然可以在收音機裡，電視機裡聽到和看到過去的真實的聲音和情況，為什麼古今中外不可以在戲臺上融於一堂？現代的藝術家也告訴人，美和醜是難以界分的。這一臺戲給了你非常「現代」——一種清清楚楚可又模模糊糊的感覺。這一切，怎不教人開心呢！

我和所有的觀眾一樣滿意的踏上歸途。

我這次是回到鳳姊的家來歇一晚。在沒有墊褥的榻榻米上，鳳姊給了我一床十斤大棉被和一個小硬枕頭。我不能嫌不舒服，我應當記著，幼年的我，是曾經有過兩年這種睡覺方式的紀錄呀！人能忘本嗎？

臨睡前，鳳姊過來了，她說：「明天不能再留一天嗎？」

我搖搖頭說：「不能，故鄉雖有趣，但我明天還要工作，一早就走。」

她到外屋去，我聽她和她的女兒在說什麼，又有搬動碗盤的聲音。我想，她一定在切雞腿，分紅龜，一包包讓我帶

到臺北去分給眾人，但不知這次吃了象徵著常常走動的雞腿，下次回故鄉會在什麼時候？

（民國四十九年）

我父親在新埔那段兒

　　從臺北坐縱貫線火車南下，到了新竹縣境內的竹北站下車，再坐十五分鐘的公路車向裡去，就到了新埔。新埔並不是一個大鎮，多少年來，也沒有什麼太大的發展。她遠不如我的家鄉頭份——在苗栗縣境內的竹南站下車，再坐十分鐘公路車就到達的一個鎮——近年來發展的迅速。新埔有點名氣，是因為那裡出產橘子，俗名叫它椪柑，外省人諧音常管它叫「胖柑」。它確實也是金黃色，胖胖的神氣。但是天可憐見，新埔近年「地利」不利，不知什麼緣故，橘子樹忽然染上了一種叫做黃龍病的症候，逐漸被毀掉了，現在只剩下很少很少的在那裡掙扎。很多人改種水梨了。但臺灣的梨，也還待研究和改良，希望有一天，新埔的水梨，能像新埔的椪柑那麼神氣起來吧！

　　新埔有一所最老的小學，就是當年的新埔公學校，今天的新埔國民學校。就拿她的第十四屆的畢業年代來說吧，已經是在半世紀前的一九一六年了。新埔公學校的第十四屆畢

業生，有一個同學會，每五年在母校開一次會，他們（也有少數的她們）現在起碼都是六十四歲以上的年紀了。把散居各地的六七十歲的老人家，聚集在一起，即使是五年才一次，也不是一件頂容易的事，雖然臺灣沒多大，交通也便利。同學們固然多的是兒孫滿堂，在享受含飴弄孫的退休生活，可也有的也常鬧些風濕骨節痛的老人病，更有一半位老來命舛，依靠無人，生活也成問題的。所以在五年一聚的照片上，每一次都比上一次的人數少，怎不教這些兩鬢花白的老同學感歎時光的流轉，是這樣快速和無情呢！因此他們更加珍惜這難得的一聚。他們也許會談談這五年來的各況，但更多的是徘徊在母校的高樓下，看他們故鄉的第三代兒童們，活潑健康的追逐嬉戲於日光遍射的校園中，或者聽孩子們琅琅的讀書聲。撫今追昔，會勾引起很多回憶的話題的。

　　他們記得五十多年前的母校，只有六間平房教室，上了層層臺階，進了校門，就只有一排四間教室，向右手走去還有兩間，如此而已。他們也都能記得前幾年才在日本故去的日人安山老師，但是更早的記憶，卻是一位來自頭份庄的年輕而英俊的老師，林煥文先生。他瘦高的個子，骨架英挺，眼睛凹深而明亮，兩顴略高，鼻樑筆直，是個典型的客家男兒。他住在萬善祠前面學校的宿舍裡，平日難得回頭份庄他的家鄉去。

　　煥文先生的英俊的外表和親切的教學，一開始就吸引了全班的孩子們。他們都記得他上課時，清晰的講解和親切的語調。他從不嚴詞厲色對待學生。他身上經常穿著的一套硬領子，前面一排五個鈕子的洋服，是熨得那麼平整，配上他

的挺拔的身材，瀟灑極了。按現在年輕人的口氣來說，就是：「真叫帥！」其實那時是一九一〇年，還是滿清的末年，離開他剪掉辮子，也還沒有多久。他是國語學校畢業的，先在他的家鄉頭份教了一年書，然後轉到這裡來，才二十二歲。教書，也許並不是這位青年教師一定的志願，但是他既然來教了，就要認真，就要提起最高的興趣，何況他是很喜歡孩子的呢！

　　煥文先生在新埔的生活，並不寂寞，除了上課教學，下了課就在自己的宿舍裡讀書習字。他雖然是出身於日本國的「國語學校」，但他的老底子還是漢學，那是早由他的父親林臺先生給他自幼就打好根基了。因此在那樣的年紀，那樣的時代，他就學貫「中日」了。在他的讀書生活裡，寫字是他的一項愛好，他寫字的時候，專心致力，一筆一劃，一勾一撇，都顯得那麼有力量那麼興趣濃厚，以致他的鼻孔，便常常不由得跟著他的筆劃，一張一翕的，他也不自覺。

　　班上有一個來自鄉間的小學生，他因讀書較晚，所以十一歲才是公學校的一年生。他時常站在老師的書桌前，看老師龍飛鳳舞的揮毫。日子久了，老師也讓他幫著研研墨，拉拉紙什麼的，他就高興極了，覺得自己已經從老師那兒薰染點兒什麼了。有一天老師忽然對他說：

　　「你如果很喜歡我的字，我也寫一幅給你，留做紀念吧！」

　　那個學生聽了，受寵若驚，只管點頭，一時不知怎麼回答才好。煥文先生寫了一幅〈滕王閣序〉給他。這幅字，他珍藏了不少年，二次世界大戰時，臺灣被盟軍轟炸，他的珍

藏，和他所寫的一部血淚著作的原稿，便隨著他東藏西躲的。
幸好這部描寫臺灣人在日本竊據下生活的小說《亞細亞的孤
兒》，和它的主人吳濁流先生，藏得安全，躲過了日本人的搜
尋網，而和臺灣光復同時得見天日，但是〈滕王閣序〉卻不
知在什麼時候遺失了。

　　吳先生說到他的老師當年的丰采，和在那短短兩年中，
所受到的老師的教誨，以及相處的情感，不禁老淚縱橫。想
想看吧，一個老年人流起淚來，有什麼好看？但是懷舊念師
的真摯之情，流露在那張老臉上，卻也不是我這枝原子筆所
能形容的。

　　煥文先生有一個堂房姐姐，人稱阿銀妹的，嫁在新埔開
漢藥店。阿銀妹不但生得美麗，性格也溫柔，她十分疼愛這
個離鄉背井來新埔教書的堂弟。她不能讓堂弟自己熨衣服，
還要自己煮飯吃，那是沒有必要的。所以，如果堂弟沒有到
她家去吃飯，她就會差人送了飯菜來，飯菜是裝在瓷製的飯
盒裡，打開來盡是精緻的菜。煥文先生一輩子就是愛吃點兒
可口的菜。

　　他也時常到阿銀妹家去吃飯，班上那個最小最活潑淘氣
的蔡賴欽，和阿銀妹住得不遠，所以他常常和老師一道回去。
如果老師先吃好，就會順路來叫他，領著他一路到學校去。
如果他先吃好，也會趕快抹抹嘴跑到阿銀妹家去找老師。老
師不是胖子，沒有綿軟軟的手，但是他深記得，當年他的八
歲的小手，被握在老師的大巴掌裡，是感到怎樣的安全、快
樂和親切。如今蔡賴欽是八歲的八倍，六十四歲嘍！我們應
當稱呼他蔡老先生了！蔡老先生現在是一家代理日本鋼琴的

樂器行的大老闆，他仍是那麼精力充沛，富有朝氣，活潑不減當年。不過，說起他的老師和幼年的生活，他就會回到清清楚楚的八歲的日子去。

蔡老先生記得很清楚，關於新埔公學校的校區那回事。學校該換個新校區了。按說當時學校有一位教漢學的秀才，不正該是他寫才對嗎？可是蔡老先生驕傲的說，結果還是由年輕的老師來寫了，可見得老師的字是多麼好了。

老師的字，在鎮上出了名，所以也常常有人來求，鎮上宏安漢藥店裡，早年那些裝藥的屜櫃上的藥名，便是由老師寫的，十幾年前，還可以在這家藥店看見老師的字，但後來這家漢藥店的主人的後代，習西醫，所以原來的藥店已不存在了。

當蔡老先生說著這些的時候，雖然是那麼興奮，但也免不了歎息的說：

「日子過得太快、太快，這是五十六年前的事了！林小姐，你的父親是哪年去世的？」

哎呀！到現在我還沒告訴人，那個年輕、英俊、教學認真、待人親切的林煥文先生，就是我的父親啊！

關於我父親在新埔的那段兒，我是不會知道的，因為那時沒有我，我還沒有出生；甚至於也沒有我母親，因為那時我母親還沒嫁給我父親。我母親是在六年以後嫁給我父親的，我是在八年以後出生的。

我的父親在新埔教了兩年書，就離開了。我前面說過，煥文先生不見得是願以一個小學教師終其一生的人，所以當有人介紹他到板橋的林本源那兒去工作時，他想，到那兒也

許更有前途，便決定離開新埔了。離開新埔不難，離開和他
相處兩年的孩子們，就不容易了，所以當他把要離開的消息
告訴同學們時，全班幾十個小伙子、小姑娘，就全都大大的
張開了嘴巴，哭起來了，我的父親也哭了。

　　我的父親離開新埔，就沒得機會再回去，因為他後來在
板橋娶了我母親，同到日本，三年以後就到北平去，不幸在
他四十四歲的英年上，就在北平去世了。

　　蔡老先生聽我告訴他，不住的搖頭歎息，他自十歲以後，
就沒再見到我父親，別的學生也差不多一樣，但是他們都能
記憶，父親在那短短的兩年中，在他們幼小的心靈中，是種
下了怎樣深切的師情，以至於到了半世紀後的今天，許多世
事都流水般的過去了，無痕跡了，一個鄉下老師的兩年的感
情卻是這樣恆久，沒有被年月沖掉。

（民國五十五年八月八日）

琦君說童年

琦　君／著

每個人都有童年，不管是苦是樂，回憶起來都是甜美的。善於說故事的琦君，與您一起分享她魂牽夢縈的故鄉與童年。書中有她家鄉的人物、生活和風光，也有好聽的神話和歷史故事。篇篇真摯感人，字裡行間充滿了愛心與情義，在欣賞琦君的散文之餘，更別有一番溫馨感受。

小歷史──歷史的邊陲

林富士／著

這本書沒有帝王將相、英雄偉人，卻將眼光投注在尋常百姓的日常生活，走入芸芸眾生的世界，寫就了「小歷史」。社會的邊緣人物如童乩、女巫、殺手，被視為奇幻迷信的厲鬼、冥婚，關乎頭髮、人肉、便溺、夢境的另類研究主題，都是值得關注的焦點。當你進入小歷史的世界，探訪這些前人足跡罕至的角落，你將會發現，歷史原來如此貼近你我。

紅紗燈

琦　君／著

記憶中一盞古樸的紅紗燈，那是紮紮實實的希望暖光，綿綿溫暖之中的淡淡苦澀有著鄉愁氤氳。年光流逝，歲月不再重來，但過往值得細細回味，那些故人舊事、歡樂哀傷，都被琦君的有情之筆轉化為溫馨的文字，成為最暖心的回憶。邀請您一同踏入琦君的世界。

肚大能容——中國飲食文化散記

逯耀東／著

吃，在中國人的生活中扮演著重要的角色。但要能吃出學問，可就不是件簡單的事了！逯耀東教授可說是中國飲食文化的開拓者，將開門七件事——油、鹽、柴、米、醬、醋、茶等瑣事，提升到文化的層次。透過歷史的考察、文學的筆觸，與社會文化變遷相銜接，烹調出一篇篇飄香的美文。讓我們在逯教授的引領下，一探中國飲食文化之妙。

禪與老莊

吳　怡／著

「本來無一物，何處惹塵埃？」由慧能開創出來的中國禪宗，實已脫離印度禪的系統，成為中國人特有的佛學。本書以客觀的方法，指出中國禪和印度禪的不同，並且正本清源，闡明禪與老莊的關係，強調禪是中國思想的結晶，還給禪學一個本來面目。

白萩詩選

白　萩／著

本書乃天才詩人白萩《蛾之死》、《風的薔薇》、《天空象徵》三本詩作的精選，收錄了八十三首創世名詩：以圖像自我彰顯的〈流浪者〉、探究存在主義的〈風的薔薇〉、不斷追逐的〈雁〉、一條蛆蟲般的阿火〈形象〉、舉槍將天空射殺的〈天空〉、直探生死議題的〈叫喊〉……，每一首皆是跨越時代、膾炙人口的經典之作。

水滸傳與中國社會

薩孟武／著

你知道嗎？這些水滸好漢，大多是出身低微、在社會底層討生活的「流氓分子」。秀才出身的王倫，何以不配作梁山泊領袖？草料場的火，為何燒不死林沖？快活酒店的所有權有什麼問題？……且看薩孟武先生從政治、經濟、文化等不同的角度，精采的分析、詮釋《水滸》故事，及由此中所投射、反映出來的古代中國社會。

西遊記與中國古代政治

薩孟武／著

孫行者攪混了龍宮，掘開了地府，打遍天界無敵手，觔斗雲一翻便十萬八千里；如此通天徹地之能，卻仍須臣服於不辨奸邪、思想迂腐、卻只會唸緊箍咒的唐僧——這便透露出政治隱微奧妙之處。政治不過「力」而已，要防止「力」之濫用，必須用「法」。薩孟武先生援引歷史實例與諸子政治思想來解讀《西遊記》，於奇光幻景中攫取出意想不到的玄妙趣味。

紅樓夢與中國舊家庭

薩孟武／著

當賈府恣意揮霍、繁華落盡之後，在前方等待的又是什麼呢？究竟是誰的情意流竄在《紅樓夢》的字裡行間呢？薩孟武先生以社會文化研究的角度，徵引多方史料，帶領讀者清晰認識舊時代下從賈府反映出來的那些事。

世界、華夏、臺灣
——平行、交纏和分合的過程

許倬雲／著

「立足臺灣，放眼中國，關心世界」是一句你我
熟悉的口號，然而這樣的境界該如何做到？該從
何處著手？遠自西亞、埃及、中國、印度古文
明，近至你我身邊的大小事，都是歷史。歷史從
來就不是獨立發展，而是互相牽連糾纏，世界各
國的歷史有如一股股浪潮，在史海中彼此激盪、
交流，如果能夠了解歷史發展的軌跡，也許你會
對自身所處的環境，有一番新的體悟。